Anne Schmitz, Andreas Wöhl

UNHEIMLICH WEIHNACHTLICH!

Böse Geschichten aus dem
Bergischen Land

Wartberg Verlag

1. Auflage 2022
Alle Rechte vorbehalten, auch die des auszugsweisen Nachdrucks
und der fotomechanischen Wiedergabe.
Satz und Layout: Christiane Zay, Passau
Druck: Rindt Druck, Fulda
Buchbinderische Verarbeitung: Buchbinderei S. R. Büge, Celle
© Wartberg-Verlag GmbH
34281 Gudensberg-Gleichen, Im Wiesental 1
Telefon: 0 56 03 - 9 30 50
www.wartberg-verlag.de
ISBN 978-3-8313-3016-4

INHALT

Vorwort 4

Anne Schmitz
Weihnachtsvorbereitungen (Bergisch Gladbach) 5

Andreas Wöhl
Eine bergische Spezialität (Overath) 10

Anne Schmitz
Der Plan (Heiligenhaus) 15

Andreas Wöhl
Post vom Christkind (Engelskirchen) 23

Anne Schmitz
Hinter den Lichtern (Bergneustadt) 31

Andreas Wöhl
Solinger Qualität (Solingen) 36

Anne Schmitz
Ein schrecklich guter Tag (Wuppertal) 41

Andreas Wöhl
Neben dem Mistelzweig (Waldbröl) 47

Anne Schmitz
Weihnachtliche Rache (Reichshof) 55

Andreas Wöhl
Beim Weihnachtsbaumschlagen (Lohmar) 62

Anne Schmitz
Heimkehr (Leverkusen) 65

Andreas Wöhl
Krippche Luure (Lindlar) 70

Anne Schmitz
In letzter Sekunde (Wipperfürth) 77

VORWORT

Wo die Wälder noch rauschen, die Nachtigall singt,
die Berge hoch ragen, der Amboss erklingt.
Wo die Quelle noch rinnet aus moosigem Stein,
die Bächlein noch murmeln im blumigen Hain.

(Bergisches Heimatlied)

Liebe Leserin, lieber Leser,

so malerisch und idyllisch kennen und lieben wir das Bergische Land. Besonders im Winter, wenn der Schnee die Hügel und Wälder mit seiner weißen Pracht bedeckt, wenn das feierliche Licht der Weihnachtszeit erstrahlt, ist die friedliche Stimmung im Bergischen spürbar.

Doch es geht auch anders ...

In den dreizehn Geschichten dieses Buches treiben Diebe, Mörder und unheimliche Gestalten zur Adventszeit ihr Unwesen. Das Bergische Land wird Schauplatz von Lug und Trug, von Verbrechen und mysteriösen Vorkommnissen.

Gut nur, dass all die Geschichten reine Fiktion sind. Ähnlichkeiten mit lebenden beziehungsweise realen Personen wären rein zufällig und unbeabsichtigt.

Wir wünschen Ihnen eine spannende Lesezeit mit hohem Gänsehautfaktor und vielen Gruselmomenten.

Anne Schmitz und Andreas Wöhl

Anne Schmitz

WEIHNACHTSVORBEREITUNGEN

Er hasste Weihnachten! Nicht so wie den Kirschkern, der einem die beste bergische Waffel mit Sahne und heißen Kirschen vermiest. Auch nicht so wie das bergische Wetter, das sich auch heute von seiner schlechtesten Seite zeigte. Nein, er hasste Weihnachten mit jedem Atemzug, mit jeder Zelle seines Körpers und mit allem, was seine abgrundtief schwarze Seele hergab. Selbstverständlich wusste er auch, wo dieser Hass herrührte, er war schließlich nicht dumm. Seine Kindheit war geprägt gewesen von Angst und Grausamkeit, von Wut und Gewalt. An Weihnachten, wenn die ganze Familie über die Festtage zusammengepfercht war, war es immer am schlimmsten gewesen. An diesen Tagen sprach und sang die ganze Welt über Frieden und Liebe. Für ihn bedeutete es Zorn und Prügel.

Hitze schoss ihm in die Wangen, wenn er an damals zurückdachte. Dann lächelte er und richtete sich gerade auf. Er hatte sich nicht davon unterkriegen lassen. Sein versoffener Vater hatte ihn nicht gebrochen. Ihn nicht! Er war keiner von diesen Jammerlappen geworden, die sich immer über ihre ach so schwere Kindheit beklagten. Er nicht. Er war ein Macher. Und machen würde er ... und zwar schon bald.

Konrad tippte auf das Tablet in seiner Hand. Kurz vor elf Uhr. Er sollte sich jetzt mal besser auf seine Umgebung konzentrieren und nicht in Gedanken herumhängen, sonst würde aus dem schönen Fest nichts werden. Energisch schüttelte er den Kopf bei dem Gedanken. Bloß nicht den Teufel an die Wand malen. Seit nunmehr dreizehn Jahren feierte er sein Weihnachtsfest so. Warum sollte es ausgerechnet heute, wo er sich das idyllische Bergische Land ausgesucht hatte, nicht funktionieren?

„Dann wollen wir mal", dachte er, „das Fest kann beginnen."

Konrad stand am Rande des Strundeparks in Bergisch Gladbach und nahm die ankommenden Autos in Augenschein. Die Fahrzeuge drehten meist mehrere Runden, bevor sie einen Parkplatz fanden. Es war die Hölle los. Kein Wunder, denn es war der 24. Dezember, und die letzten Einkäufe wollten noch erledigt werden. Der Strundepark war ideal dafür. Hier reihte sich ein Discounter neben den anderen. Von A wie Apfel über S wie Schuhe bis hin zu Z wie Zehenspreizer – wer hier nicht fündig wurde, war selbst schuld.

Nachdem Konrad gestern in Bergisch Gladbach angekommen war, hatte er nicht lange suchen müssen und dieses Eldorado für sein Vorhaben gefunden.

„Achtung, dort drüben der SUV, der könnte schon der Richtige sein", unterbrach er seine eigenen Gedanken. Eine Frau saß am Steuer. Er sah, dass sie einen weißen Schwesternkittel trug. Womöglich kam sie gerade vom Schichtdienst. Ihrem Fahrstil nach zu urteilen hatte sie es eilig. Konrad beobachtete, wie sie sich in eine zu enge Parklücke quetschte. „Dank sei dem Einparkassistenten", unkte er.

Die Frau stieg aus. In der Hand hielt sie den Geldbeutel. „Das sieht gut aus", freute sich Konrad. Doch dann drehte sich die Frau noch einmal um und sprach ins Auto hinein. „Kinder! Verdammt!" Dann war das nichts. Der Wagen, den er suchte, musste leer sein, zumindest menschenleer. Er grinste, vergaß den SUV und lenkte seine Aufmerksamkeit wieder den ankommenden Autos zu.

Grundsätzlich hatte er nichts gegen Kinder. Sie machten sein Fest sogar noch aufregender. Man wusste nie, wie sie sich verhielten. Einmal war ihm ein kleiner Rotzlöffel beinahe entwischt. Der Junge hatte sich in die angrenzende Garage geschlichen, wo Konrad ihn aber aufgespürt hatte. Was war das ein Fest gewesen! Er beschloss, dieses Jahr unbedingt darauf zu achten, dass Kinder dabei wären. Als wäre es ein Wink des Schicksals, fuhr just in diesem Moment ein weißer Nissan X-Trail, ein Siebensitzer, an ihm vorbei.

Während Konrad den Blick auf den Wagen heftete, richtete er den kleinen Empfänger, den er in seiner rechten Hand hielt und der per Bluetooth mit seinem Tablet verbunden war, auf den Nissan. Er hatte den Empfänger im Darknet gekauft. Das Gerät war so groß wie ein Ei und in der Lage, die Signale, die ein Autoschlüssel ans Auto sandte, aufzunehmen. Es funktionierte eigentlich so wie eine lernfähige Fernbedienung – nur dass man damit nicht in der Lage war, das Fernsehprogramm zu wechseln. Vielmehr konnte er damit den Schließ- und Öffnungsmechanismus eines Autos aktivieren.

Der Nissan parkte. Eine Frau stieg aus. Sie wirkte gestresst. Vermutlich hatte sie noch eine Zutat für ihr Weihnachtsessen vergessen, die sie schnell noch besorgen musste. Das war gut. Auf genau so jemanden hatte Konrad gewartet. Innerlich frohlockte er, als er sah, dass die Frau den Geldbeutel in der Hand hielt und sich dem Aldi zuwandte.

„Achtung jetzt!" Konrad visierte mit dem Empfänger die Frau an. Sie drehte sich nicht um. Im Gehen richtete sie hinterrücks den Autoschlüssel auf ihren Wagen und verschloss ihn. Ein Blick auf das Tablet verriet Konrad, dass die Signale gespeichert und umgewandelt wurden. Sein Empfänger fungierte nun als Sender.

„Das läuft ja wie am Schnürchen", freute sich Konrad. Er setzte sich in Bewegung, ging zügig, der gestressten Stimmung der Leute um ihn herum angepasst. Aber er wusste aus vielen Jahren Erfahrung, dass die Menschen am Vormittag des Heiligen Abends nur sich und das bevorstehende Fest im Kopf hatten. Keiner würde ihn bemerken.

Konrad erreichte das Auto, tippte im Display den grünen Punkt, auf dem in Großbuchstaben das Wort „Öffnen" stand und die Verriegelung des Siebensitzers klickte. Konrad öffnete wie selbstverständlich die Tür und setzte sich auf den Fahrersitz.

Jetzt musste es schnell gehen. Vermutlich waren die Schlangen an der Kasse wahnsinnig lang, und die Frau würde nicht so bald wieder hier auftauchen, aber er wollte lieber nichts riskieren.

Konrad sah sich im Wagen um und fand das Wichtigste augenblicklich – die Handtasche. Er hatte schon die kuriosesten Dinge in den Taschen der Frauen gefunden. In Hamburg damals sogar eine Zoraki 9 mm. Es war zwar nur eine Schreckschusspistole, aber immerhin. An die volle Babywindel in Leipzig erinnerte er sich nur ungern.

Heute sollte es aber keine unliebsamen Überraschungen geben. Er holte aus der Handtasche den Haustürschlüssel hervor. Ein Schauer der Erregung ließ ihn erbeben. Vollgepumpt mit Vorfreude und Adrenalin öffnete er das Handschuhfach und wühlte darin herum. Heute schien sein Glückstag zu sein. Er zog einen Briefumschlag heraus.

„Familie Steiger, wie nett. Ich danke Ihnen, dass Sie so freundlich sind und mir Ihre Adresse mitteilen", freute er sich. „Sie haben hiermit ein unvergessliches Weihnachtsfest gewonnen." Er genoss für einige Atemzüge den Triumph und die freudige Erwartung, sog die Genugtuung, dass die Welt an seinem Hass auf Weihnachten teilhaben würde, regelrecht in sich auf.

Dann drückte er eilig den Haustürschlüssel in das kleine Etui mit der Knetmasse, das er in seiner Jackentasche bei sich trug, legte Schlüssel und Brief an ihre Plätze zurück und verließ ruhig den Wagen. Mit einer Berührung des Tabletdisplays verschloss sich das Auto. Es war, als wäre er nie hier gewesen.

Als Konrad den Parkplatz verließ, lag ein seliges Lächeln auf seinen schmalen Lippen. Ein Beobachter hätte angenommen, Konrad freue sich auf das bevorstehende Fest. In gewissem Sinne war das auch richtig. Doch in Konrads Kopf spielten sich Erinnerungen an vergangene Weihnachtsfeste ab, die sich die meisten Menschen nicht in ihren schlimmsten Alpträumen ausmalen konnten. Geräusche füllten seinen Kopf – Weinen und Flehen, Betteln und der Klang von Angstschreien. Er sah Bilder vor seinem inneren Auge von Tränen und Verzweiflung. Er liebte das Gefühl der Macht, das ihn durchströmte, wenn seine Opfer vor Angst und Schmerz jegliche Fassung und Kontrolle über sich verloren, und das Gefühl der Allmacht, der Ekstase erfüllten ihn vollständig. Er lebte! In diesem Moment. Fühlte keine Vergangenheit auf seinen Schultern lasten. Keine Zukunft ängstigte ihn. Er war nur im Hier und Jetzt. Er lebte. Mit jeder Zelle seines Körpers. Welch ein Hochgefühl!

Ein Schauer lief ihm über den Rücken. Er lächelte voller Zufriedenheit und Vorfreude. Morgen schon, am ersten Weihnachtstag, würde er Familie Steiger einen nächtlichen Besuch abstatten.

Morgen, Kinder, wird's was geben …

Andreas Wöhl

EINE BERGISCHE SPEZIALITÄT

„Sabine, das ist ja Panhas!" Die Augen ihres Mannes strahlten wie die Kerzen am Weihnachtsbaum beim Anblick der dicken gebratenen Kochwurstscheiben, die sie ihm mit Schwarzbrot, einem Stück Butter und Petersilie als Garnitur angerichtet hatte.

„Das ist doch dein Lieblingsessen", sagte sie.

Er nickte und sah sie ungläubig an. „Aber du magst es doch nicht, und außerdem ..."

„Und außerdem ist Weihnachtszeit, Fred. Das Fest der Liebe und des Friedens. Etwas, das uns schon lange fehlt. Also, dachte ich, mache ich den ersten Schritt."

„Bienchen", raunte Manfred. Dann hob er sein Bierglas an und prostete ihr zu. „Du bist doch die Beste!" Sie erwiderte die Geste mit ihrem Wasserglas.

„Willst du nicht doch mal probieren?", fragte er, als er die Scheiben mit dem Messer zerteilte.

„Schwarzbrot mit Butter reicht mir."

Er kaute genussvoll die ersten Bissen. Sabine beobachtete, wie sein Doppelkinn bei jeder Bewegung zitterte. Als sie vor über dreißig Jahren geheiratet hatten, war er noch rank und schlank gewesen. Sie seufzte.

„Mhmmm, Bienchen, der Panhas ist sehr gut! Wo hast du ihn her?"

„Selbst gemacht."

„Waaas?" Sein Mund blieb offen und gab den Blick frei auf den dunklen Brei aus halb zerkautem Essen.

Sabine lenkte ihren Blick auf die Bilderwand hinter Manfred. Dort lächelte sie ein sehr attraktiver, junger Manfred an, dessen Gestalt von Foto zu Foto immer mehr Raum einnahm, während ihre Figur gleich geblieben war. Wann hatte sie eigentlich diesen verhärmten Gesichtsausdruck bekommen? Aber war sie deswegen eine hässliche alte Schachtel, wie Fred ihr oft vorwarf? Vergrämt vielleicht, was aber eindeutig auf Freds Konto ging. Beim Gedanken an den letzten Vorfall wallten erneut Wut und Enttäuschung in ihr hoch. Sie wollte aus kleinen Tontöpfen Nikolausfiguren für Freunde und Verwandte basteln und hatte die liebevoll bemalten Teile zum Trocknen in das Regal in der Garage gestellt. Und Fred, der wieder mal an seinem VW-Käfer schraubte, hatte in seiner Gedankenlosigkeit einige davon mit seinen ölverschmierten Fingern begrabscht und Schrauben und andere Kleinteile darin abgelegt ...

„Bienchen?"

Sie blinzelte. „Äh, ja, nach dem Rezept deiner Mutter. Die Blutwurst und das Fleisch habe ich gestern in der Metzgerei gekauft. Das Fleisch habe ich gekocht, bis es sich von den Knochen gelöst hat, es mit der Blutwurst durch den Fleischwolf gedreht, mit dem Sud zurück in den Kochtopf gegeben, mit Muskat, Pfeffer und Piment gewürzt und das Buchweizenmehl eingerührt, bis es ein fester Brei war. Den habe ich dann in der Auflaufform kalt gestellt."

Manfred tätschelte mit seinen weichen Fingern ihre Hand. Sabine musste an sich halten, um sie ihm nicht zu entziehen.

„Bienchen, wir könnten nachher ja mal was eher ins Bett gehen und wieder, hm, also, was Spaß haben wie früher ...?"

Jetzt zog sie die Hand doch zurück und griff nach dem Wasserglas, um den plötzlich aufkommenden galligen Geschmack im Mund runterzuspülen. „Iss du erst mal schön auf, Fred." Dass Fred heimlich Pornos schaute, bei denen irgendwas Ekliges mit Füßen gemacht wurde, akzeptierte sie stillschweigend. Aber wenn er glaubte, sie wüsste nicht, mit wem er in der Garage telefoniert hatte, war er falsch gewickelt. Eigentlich hatte sie ihm nur sagen wollen, dass sie vom Einkaufen zurück war. Und dabei mitbekommen, wie er einer „Mausi" am Handy versicherte, sie sei ein „geiles Stück". Sie hätte da was völlig falsch verstanden, stammelte er später, es wäre dabei um einen Schaltknauf für den Käfer gegangen. Ein ganz besonderes Stück. In die Augen hatte er ihr dabei nicht schauen können.

Und nun saß er vor ihr, lächelte sie aus seinem runden Gesicht stumm an und ähnelte dabei einem debilen Greis. Dann aß er weiter und runzelte die Stirn. „Hm. Hat so einen komischen Nachgeschmack. Irgendwie streng."

Sie hob die Schultern. „Vielleicht zu viel Gewürz."

Er nickte und schaufelte sich grunzend den nächsten Bissen rein. „Wir müffen wieder, mhm, mehr mit'nander, mhm, machen", sagte er und spie dabei Essensbröckchen auf seine Strickjacke und den Tisch. Sabine musste sehr an sich halten. Immerhin sprach er mal wieder von „wir" und meinte dabei sie beide und nicht Susi und ihn. Susi bewies er seit Jahren Zuneigung und Zärtlichkeit, während sie beide nur noch ein stummes Nebeneinander im selben Haushalt führten. Lange hatte Sabine darauf gehofft, dass Fred sich änderte. Verlorene Jahre. Es war Zeit für Veränderungen.

„Mm!" Manfred hielt im Kauen inne und pulte sich etwas aus den Zähnen. „Da war noch ein Stück Knochen drin, Bienchen."

„Oh, das tut mir leid, Manfred."

„Na, macht ja ..." Er unterbrach sich selbst, als er das Fundstück inspizierte. „Sieht aus wie ein Zahn ..."

„Unsinn, Fred. Komm, gib es mir, ich werf 's weg."

Er gab ihr den „Zahn", trank sein Bierglas leer, rülpste lautstark und kaute vorsichtig weiter. „Wir könnten es uns gleich auch auf der Couch bequem machen, Bienchen. Und eine von diesen Schnulzen anschauen, die du so gerne siehst."

Sie lächelte gequält. „Mal sehen." Es sich auf der Couch bequem machen konnte er gut, doch sie war sicher, er würde sein Versprechen nicht halten und nicht länger als eine Viertelstunde „Rosamunde Pilcher" oder „Traumschiff" ertragen. Sie träumte immer noch davon, einmal selbst eine Kreuzfahrt zu machen, durchs Mittelmeer oder die Karibik. Aber für Manfred war das kein Traum, sondern Wucher. „Für den Preis einer Kreuzfahrt können wir mindestens viermal nach Malle", rechnete er ihr immer vor. Wie sehr ihr „Malle" inzwischen zum Hals raushing! Und nicht nur Mallorca ... Wenn es um seinen Käfer ging, war Fred nicht geizig. Nach dem „Mausi"-Telefonat fragte Sabine sich, ob die Bargeldabhebungen wirklich alle für sein Auto gewesen waren. Sie bemerkte, dass Manfred ebenfalls woanders mit seinen Gedanken war. Er starrte durch das Küchenfenster auf die Straße und murmelte: „Wenn ich nur wüsste, was mit Susi ist ..."

Immerhin, ein paar Minuten hatte er seine geliebte Susi vergessen gehabt. „Die kommt schon wieder."

„Meinst du?" Die Tränensäcke unter seinen Augen wirkten bei diesen Worten noch schwerer als sonst.

„Die war doch schon mal über Nacht weg. Weißt du nicht mehr? Die Siefenbergs hatten ihr Futter gegeben."

„Ja, ja, aber das ist jetzt länger als eine Nacht. Wenn ihr was passiert ist. Die rasen doch wie die Bekloppten auf der Durbuscher Straße ..."

Sabine winkte ab. „Ach, der passiert schon nichts. Das Biest ist zäh."

Manfred funkelte sie böse an. „Du machst dir nur keine Sorgen, weil du sie nicht magst."

Sie zuckte mit den Schultern. „Katzen haben neun Leben, Fred. Nun iss mal schön auf."

Manfred schnitt sich den letzten Rest in Stücke. Beim Kauen stoppte er. „Au!" Wieder pulte er sich etwas aus dem Mund. „Sabine, das ist ... das sieht aus wie eine Kralle!" Er starrte sie mit offenem Mund an.

„Ach was!", versuchte Sabine ihn zu beruhigen.

„Sabine ..." Manfreds Augen wurden groß. „Was für ein Fleisch hast du genommen?"

„Was für ein Fleisch? Ich sagte doch, ich hab's in der Metzgerei geholt. Original bergisch."

„Und dieser komische Beigeschmack?"

„Meine Güte, sei nicht so pingelig. Habe mich bei den Gewürzen vertan."

„Sabine, ich glaube dir nicht."

„So?" Sie lächelte ihn herausfordernd an.

Seine Augen wurden größer, alle Farbe wich aus seinem Gesicht und er legte eine Hand auf den Magen. „Sabine, was hast du getan?" Dann hielt er sich schnell eine Hand vor den Mund und stürmte, würgende Laute von sich gebend, aus der Küche in Richtung Bad.

Sabine lachte. Laut und von Herzen. Es tat so gut.

Als er wieder in die Küche kam, war sein Gesicht puterrot. „Du Hexe, was hast du nur getan!?"

„Ach, bin ich nicht mehr dein Bienchen?"

Er ballte die Hände zu Fäusten. „Sag, dass du Susi nichts angetan hast, sag es!"

Sie wich rücklings zurück bis ans Fenster. „Wag es nur", dachte sie. Er hob die Faust. Sie sah ihm fest in die Augen. Sein Blick flackerte. Da knallte etwas von außen gegen die Fensterscheibe. Sabine zuckte zusammen und sah hinaus. „Susi ..."

So schnell wie jetzt hatte sie Manfred seit dreißig Jahren nicht laufen sehen. Sie hörte, wie er die Haustür aufriss, und dann mischten sich Susis Schnurren und seine Schluchzer miteinander.

„Ich hab doch gesagt, dass dem Mistvieh nichts passiert ist", dachte Sabine, als sie das Geschirr wegräumte. Ihr fiel dabei ein, dass sie nachher noch die Rattenfallen aus dem Gartenhäuschen entfernen musste, bevor Manfred Verdacht schöpfte. Der Zahn und die Kralle hätten sie fast verraten. Aber das war es wert gewesen. Ab jetzt würde sie nicht mehr alles geduldig hinnehmen.

Als sie ins Wohnzimmer linste, wo Manfred auf der Couch seine geliebte Susi zärtlich streichelte, kam ihr auch schon eine Idee, was sie an Heiligabend zubereiten könnte ...

Anne Schmitz

DER PLAN

„Frau Kleinschmitt, wir möchten Sie bitten, uns zu begleiten."

Ulla Kleinschmitt starrte fassungslos die beiden Polizisten an, die vor ihrer Haustür standen. Augenblicklich schossen ihr die Bilder von damals durch den Kopf. Vor fünf Jahren hatten ebenfalls Polizisten vor ihrer Haustür gestanden und damit den größten Alptraum ihres Lebens eingeläutet. Ulla spürte, wie ihre Handfläche, die sich noch immer um die Türklinke krallte, feucht wurde. Fahrig wischte sie sie an dem Küchentuch ab, mit dem sie eben noch ihr Geschirr abgetrocknet hatte. Sie konnte ein Zittern in der Stimme nicht unterdrücken, als sie fragte: „Wie kann ich Ihnen helfen?"

„Es geht um Ihren Mann", sagte einer der Polizisten nicht unfreundlich, aber bestimmt. „Er möchte Sie sehen. Sofort. Wir bringen Sie zu ihm."

Ihr Mann? Er meinte wohl ihren Ex-Mann, Wilfried. Sie hatte ihn seit damals nicht mehr gesehen. Und jetzt wollten Polizisten sie holen, damit sie ihn besuchte? Kurz fragte sie sich, ob das so eine Resozialisationsaktion sei. Vielleicht suchten sie Angehörige auf, so kurz vor Weihnachten, um eine Versöhnung herbeizuführen. „Blödsinn", verwarf sie den Gedanken. Aber was sollte das Ganze dann?

„Sofort", hatte er gesagt. So langsam begann sich Ulla zu ärgern, wie hier mit ihr umgesprungen wurde. Sie wollte gerade aufbegehren, den Polizisten sagen, dass sie ihren Mann seit Jahren nicht gesehen hatte, dass sie sich hatte scheiden lassen und dass sie auch in keiner Weise Interesse daran hätte, ihn wiederzusehen. Sie atmete tief durch, um sich auf eine Auseinandersetzung mit den Staatsbeamten einzustellen, da sah sie Gerlinde Gerstenkraut aus der Haustür treten. Das Einfamilienhaus der Gerstenkrauts lag dem von Ulla Kleinschmitt direkt gegenüber. Gerlinde fielen fast die Augen aus dem Kopf, als sie den Polizeiwagen und die beiden Polizisten erblickte.

„Tu doch nicht so", dachte Ulla, „du hast uns doch bestimmt schon vom Küchenfenster aus beobachtet." Freundlich lächelnd nickte sie Frau Gerstenkraut zu. Diese grüßte zurück, beschleunigte ihre Schritte und hastete zum nächsten Haus.

Dort verschwand sie im Garten. War ja klar. Dort wohnte Gerlindes beste Freundin und gleichzeitig oberste Klatschtante. „So ein Mist!"

Ulla hasste es! Immer, wirklich immer hielt sie sich an alle Gesetze. Sie hatte noch niemals ein Knöllchen bekommen. Sie ging jeden Sonntag in die Kirche und arbeitete ehrenamtlich bei den Heiligenhauser Tafeln. Sie hielt sich selber für den Inbegriff einer guten und anständigen Bürgerin. Und sie war stolz darauf.

Doch dann hatte Wilfried, ihr Ex-Mann, alles zerstört – damals, vor fünf Jahren. Der altbekannte Zorn stieg in ihr auf. Instinktiv ballte sie die Hände zu Fäusten. Wilfried war schuld. Er war an allem schuld. Wie hatte er nur ...? Und das alles, ohne dass sie etwas mitbekommen hatte. Sie konnte es auch nach der langen Zeit einfach nicht begreifen. Ihr wurde schlecht. Damals, als seine Taten ans Licht kamen und auch während des Prozesses hatte sie sich regelmäßig übergeben müssen. Das hatte sie jetzt im Griff. Aber es war so unfassbar. Ihr Mann, mit dem sie das Bett geteilt hatte ... Nun kroch ihr doch die Galle den Hals hinauf. Sie schluckte, konzentrierte sich auf die Schande, die Schande, die er über sie und die Familie gebracht hatte. Ulla hatte unfassbar viel Engagement in die Wiederherstellung ihres Rufes stecken müssen. Natürlich wusste sie, dass es niemals wieder so werden würde wie früher. Jeder wusste über Wilfried Bescheid. „Das ist doch die, deren Mann ...", hörte sie auf den Wohltätigkeitsveranstaltungen die Damen hinter ihrem Rücken tuscheln. Aber es wurde stetig weniger und mit ihren verdoppelten Anstrengungen überwogen positive Worte mittlerweile das Geläster. Und jetzt? Jetzt sollte sie abermals wegen Wilfried ins Gerede kommen? Eine lautstarke Auseinandersetzung mit den Polizisten vor ihrer Haustür war denkbar ungeeignet. Ulla musste sie loswerden, ein für alle Mal, und das schnell und so unauffällig wie möglich. Die Gedanken wirbelten durch ihren Kopf.

„Bitte, Frau Kleinschmitt, wenn Sie uns folgen würden. Es eilt", sagte einer der Polizisten.

Sie fasste einen Entschluss. Es war nicht genügend Zeit, um ihren Plan mehrfach zu überprüfen, seine Schwachstellen auszumerzen und ihn zu optimieren, wie sie es sonst getan hätte. Sie musste eben spontan sein, durfte sich diese Chance nicht entgehen lassen.

„Warten Sie einen Moment", sagte Ulla zu den Beamten, „ich hole nur meine Tasche."

Eine Viertelstunde später hastete sie hinter den Polizisten her über den Heiligenhauser Weihnachtsmarkt. Ulla hatte keinen Blick für die weihnachtlich geschmückten Buden mit ihren liebevoll hergestellten Waren, für den Lichterglanz und den Duft nach Glühwein und gebrannten Mandeln. Allerdings bemerkte sie sofort, dass etwas nicht stimmte. Der Markt war menschenleer. Keine schlendernden Paare, keine quengelnden Kinder, die ihre Ärmchen nach den Süßigkeiten in den Auslagen ausstreckten, und auch keine leicht wankenden, vom Glühwein in selige Stimmung versetzten Personen kreuzten ihren Weg. Die Polizisten hatten ihr bereits auf der Fahrt hierher mitgeteilt, dass der Markt geräumt worden war – und warum.

„Reiß dich zusammen, du dusselige Kuh", befahl sie sich. Um das hier durchzustehen, musste sie erstens ihre Gefühle weitestgehend ausschalten und zweitens nur in diesem Moment leben, durfte nicht an Vergangenes und nicht an Zukünftiges denken. Diese Taktik hatte sie damals beim Prozess angewandt und es hatte ihr geholfen, viele schwierige Stunden zu überstehen. Sie schüttelte sich kurz, als könne sie so alles, was sie beim Erledigen der kommenden Aufgabe stören würde, loswerden, und konzentrierte sich auf die Polizisten, die ihr vorausgingen.

Als sie das Rathaus erreichten, wimmelte es dort von Reportern und Fotografen. Polizeiabsperrungen hinderten diese daran, Ulla anzufallen oder den Innenhof des Rathauses zu stürmen, zumindest kam es Ulla so vor.

„Diese Aasgeier!" An die hatte Ulla noch gar nicht gedacht. Morgen würde sicherlich ein Bild von ihr in der Zeitung erscheinen, dann wäre alles umsonst. Die ganzen Anstrengungen der letzten Jahre wären dann zunichtegemacht. „Denk nicht dran! Bleib im Moment!", forderte sie sich selber auf.

Im nächsten Augenblick nahmen die Polizisten sie in die Mitte und führten sie durch die Pressemeute in den Innenhof des Rathauses. Als Ulla ihn vor zwei Tagen besucht hatte, war es ein friedlicher Ort gewesen. Weihnachtsbäume liebevoll geschmückt, mit Kunstschnee bepudert oder auch so, wie Gott sie wachsen hat lassen, verwandelten den Innenhof in einen Weihnachtswald. Unzähliges Tannengrün schmückte die Wege. Aus Holz geschnitzte Engel, Sterne und Tiere gaben dem Wald etwas Zauberhaftes. Heiligenhaus war im ganzen Bergischen für diesen Weihnachtswald bekannt.

Doch jetzt war nichts mehr von dem Frieden und der weihnachtlichen Vorfreude zu spüren. Überall wimmelte es von Polizisten. Die Schnitzereien waren achtlos zur Seite geschoben worden oder waren umgestürzt. Ulla sah einen Engel. Einer seiner Flügel war abgebrochen und lag etwas entfernt halb verborgen unter einem Tannenreis. Aus den Lautsprechern säuselte ein Kinderchor „O du fröhliche".

Die Polizisten blieben stehen und sprachen mit einem Mann in Zivil. Dieser bedachte Ulla mit einem abschätzenden Blick, als wolle er prüfen, ob sie dem Folgenden gewachsen wäre. Was seine Prüfung ergeben hatte, vermochte Ulla nicht zu sagen, allerdings kam der Mann auf sie zu und streckte ihr die Hand entgegen. „Ulla Kleinschmitt? Mein Name ist Möller, Kripo Gummersbach. Es tut mir sehr leid, dass wir Sie belästigen müssen, aber es hat sich etwas ereignet, das zwingend Ihre Anwesenheit erfordert."

„Wir haben Sie jede Sekunde im Blick", sprach Kommissar Möller ihr Mut zu. Sie brauche sich keine Sorgen zu machen. Es würde ihr nichts passieren. „Bleiben Sie einige Meter von ihm weg. Sobald er isoliert ist, greifen wir ein."

Ihr war es recht. Sie machte sich keine Sorgen. Sie hatte auch keine Angst. Reglos stand sie hinter dem größten Weihnachtsbaum des Winterwalds und wartete auf das Zeichen des Kommissars, dass sie ihre Aufgabe erfüllen konnte.

Sie lauschte ihrem Herzschlag. Er war ruhig und gleichmäßig. Ulla sah ihren Atemhauch in die Luft aufsteigen. Obwohl sie die Kälte der Nacht nicht spürte, vergrub sie ihre Hände tief in den ausladenden Manteltaschen.

Möller nickte.

Sie ging los, fast wie ferngesteuert oder wie an einem unsichtbaren Faden gezogen. Nach wenigen Schritten stand sie auf der Lichtung. Sie erfasste das Geschehen mit einem Blick.

Nur vier Meter vor ihr stand Wilfried.

„Hör auf zu flennen", blaffte er die junge Frau an, die er mit einem Arm fest umklammert hielt. In der rechten Hand hielt er einen scharfkantigen Weihnachtsstern aus Edelstahl, den er seiner Geisel an die Halsschlagader drückte. Die Frau schluchzte noch einmal laut auf und verfiel dann in ein ersticktes Jammern. Ihre Augen waren rot verquollen, die Frisur zerzaust.

„Wilfried!", sagte Ulla flüsternd.

„Helfen Sie mir!", rief die Frau als sie Ulla bemerkte und wand sich im Griff ihres Ex-Mannes. „Helfen Sie mir! Der ist wahnsinnig!"

„Halt's Maul!" Wilfried drückte der Frau die Hand auf den Mund. Ihre Tränen liefen über seinen Handrücken, doch er kümmerte sich nicht darum. Er hatte nur Augen für Ulla.

„Ulla", ein Lächeln stahl sich unter seinen Dreitagebart. „Ulla, ich habe dich so vermisst. Wieso hast du meine Briefe nicht beantwortet und meine Anrufe nicht entgegengenommen? Wir haben uns so lange nicht gesehen. Aber heute ist mein Glückstag. Ich habe Freigang und endlich können wir uns wiedersehen. Endlich. Und dann auch noch im Weihnachtswald. Weißt du noch, wie gerne wir damals hier spazieren gegangen sind? Ich vermisse diese Zeit."

Ulla hörte sich regungslos seinen Wortschwall an. Die Worte drangen an ihr Ohr, doch vermochten sie keinerlei Emotionen auszulösen.

„Ulla, mein Schatz, komm zu mir." Wilfried ließ den Stern fallen und breitete den Arm aus.

Sie setzte einen Fuß vor den anderen.

„So ist es gut, mein Schatz." Er lächelte erfreut. „Es tut mir so unendlich leid, was ich damals getan habe. Ich hatte in der Haft eine gute Therapie. Ich weiß jetzt, dass es nicht richtig war. Dass ich die Kinder nicht hätte anfassen dürfen. Das ist eine Krankheit, musst du wissen. Aber in der Therapie hat man mich davon geheilt. Ich stehe jetzt nicht mehr auf Kinder, ehrlich nicht."

Während Ulla ihm zuhörte, schritt sie weiter auf ihn zu, die Warnung des Kommissars ignorierend. Sie sah stur geradeaus, auf seine Brust, auf den Arm, der sie jeden Moment umschlingen würde.

„Es tut mir so leid", sagte er erneut. Und wirkliches Bedauern lag in seiner Stimme.

Sie hatte ihn erreicht.

Achtlos warf er die junge Frau zur Seite, die eilig davonkrabbelte. Dann legte er seine Arme um ihren Körper und drückte sie fest an sich.

„Ulla, mein Schatz, endlich sind wir wieder vereint. Wenn ich meine Strafe verbüßt habe, komme ich wieder nach Hause. Wir werden ein schönes Leben führen ... gemeinsam."

Ulla löste sich leicht aus seiner Umklammerung. Sie beugte den Kopf in den Nacken und sah zu ihm auf. In Wilfrieds Augen erkannte sie eine Mischung aus Verwunderung und Freude. Langsam kam sein Gesicht ihrem immer näher. Er öffnete leicht den Mund. Bald würden sich ihre Lippen berühren.

„Niemals!", hauchte Ulla, zog das Küchenmesser aus ihrer Manteltasche und stieß zu – einmal, zweimal und ein drittes Mal. Blut tränkte seine Kleidung und ihre.

„Aber, aber ...", brabbelte er. Ungläubig starrte er Ulla an. Blut rann ihm aus den Mundwinkeln. Dann sackte er in sich zusammen. Im gleichen Moment stürmten Polizisten auf Ulla zu.

„Frau Kleinschmitt, was haben Sie getan?", brüllte Kommissar Möller sie an. Ein Polizist nahm ihr das Messer aus der Hand, ein anderer legte ihr Handschellen an.

Ulla fragte sich, wer wohl die Blutlache, die sich unter ihrem Ex-Mann ausbreitete, wegwischen würde. Ein Sanitäter beugte sich über Wilfried. Fühlte hier und da. Dann sah er den Kommissar an und schüttelte den Kopf.

Es war vorbei – endlich.

Andreas Wöhl

POST VOM CHRISTKIND

„So, das ist Ihr Arbeitsplatz, Herr Schmitz", sagte Frau Meier, die Leiterin des Christkindpostamtes und wies auf den mit einer roten Tischdecke geschmückten Doppeltisch. „Danke, dass Sie für Frau Feldhoff einspringen. Wir können wirklich jede Hilfe gebrauchen."

„Es ist mir eine Freude", erwiderte Herbert Schmitz. Er nickte der grauhaarigen Dame auf der anderen Tischseite zu, die ihm als Frau Baum vorgestellt worden war, und sah sich noch einmal im weihnachtlich dekorierten Saal um. An den Wänden hingen Briefe und Basteleien von Kindern, umrahmt von Tannengirlanden, aus denen es festlich glitzerte und funkelte. Von hübsch behangenen Tannenbäumen strahlten Lichter und in einer Ecke prasselte sogar in einem alten Steinkamin ein elektrisches Kaminfeuer. An den mit Kerzen, Kisten und Kartons bedeckten Tischen beschäftigten sich die ehrenamtlichen Helferinnen emsig mit Stapeln von Post. Auf einem Monitor am Nachbartisch war ein gelbes Ortsschild abgebildet:

An das Christkind
51777 Engelskirchen

„Ja, und das sind dann Ihre Briefe", Frau Meier wies auf die randvolle gelbe Postkiste auf dem Boden. „Wir erwarten über hundertfünfzigtausend Briefe dieses Jahr", erklärte sie. „Das schaffen wir nur mit unseren ehrenamtlichen Engeln. Mit Ihnen sind wir siebzehn." Sie zeigte ihm den Stapel mit vorbereiteten Antwortschreiben, die er gerne um persönliche Worte ergänzen dürfe, und die hübsch bebilderten Briefumschläge mit dem Engelskirchener Christkind. „So, dann wünsche ich viel Spaß. Bei Fragen hilft Ihnen Frau Baum sicher gerne."

„Se können misch fast alles froge, nur nit nach minge Alter", erklang es von der gegenüberliegenden Tischseite.

„Danach fragt ein Gentleman eine Frau nie, Frau Baum. Aber ich sehe eine hübsche Frau in den besten Jahren vor mir."

„Na, Se jefallen mir. Un Se werden noch nit mal rot dobei. Sajen Se mal, wie is dat mim Feldhoffs Kätche ejentlich passeet? Se sin doch ihr Nohber. Isch han nur jehürt, dat et sich die Haxen jebrochen hät, dat arm Frauminsch."

„Tja, Frau Feldhoff ist ganz unglücklich auf unserer Haustreppe ausgerutscht. Dabei hatte ich ihr vorher noch gesagt, sie soll daran denken, die Treppe zu streuen. Es waren Minusgrade vorhergesagt", sagte Herbert und erinnerte sich, wie er nachts den Eimer Wasser über die Treppe ausgekippt hatte. Er wollte doch mal sehen, ob die Feldhoffs ihre Pflicht erfüllten. Es war seit jeher Aufgabe der Mieter der Erdgeschosswohnung, für eine saubere und rutschsichere Treppe vor dem Haus zu sorgen. Da ließ sich Herbert auch nicht von der neumodischen Hausordnung abbringen oder den Ausreden der Feldhoffs, sie hätten morgens keine Zeit. Nur weil sie dreimal die Woche so früh raus musste für ihren Teilzeitjob im Supermarkt und meinte, auch noch die Kinder vor der Schule versorgen zu müssen. Warum kümmerte sich Herr Feldhoff dann nicht um die Treppe? Als Banker hatte der doch genug Zeit. Überstunden, pah, die hatte Herbert zu seiner aktiven Dienstzeit in der Gemeindeverwaltung auch gemacht, na und, das ist doch kein Grund. Pflicht ist Pflicht. Das hatte er seinem Sohn auch immer beizubringen versucht.

Herbert nahm sich den ersten Brief vor. Ein Lars aus Gummersbach wünschte sich in krakeliger Handschrift eine „Plämobil-

Löwenriter-Burg" und ein „FC-Triko, bite." Herr im Himmel, was für Eltern ließen ihre Abkömmlinge denn so vor Rechtschreibfehlern strotzende Briefe ans Christkind senden?! Herbert schüttelte den Kopf. Der würde seine Antwort bekommen.

Er schaute sich verstohlen um, ob ihn niemand beobachtete, griff mit einer Hand unter den Saum seines Pullovers und zog das Papierbündel hervor, das dort in einer Klarsichthülle hinter seinem Gürtel geklemmt hatte. Rasch legte er es unter das oberste Blatt des Stapels mit den offiziellen Antwortschreiben.

Gut, dass Frau Feldhoff ihm die ganzen Details beschrieben hatte, so hatte er sich auf seinen Einsatz perfekt vorbereiten können. Eigentlich war das gar nicht der ursprüngliche Plan gewesen, es hätte auf der Treppe ebenso gut Herrn Feldhoff oder eines seiner verzogenen Pänz erwischen können – was Herbert auch recht gewesen wäre – aber das Schicksal hatte entschieden. Frau Feldhoff war todunglücklich darüber, dass sie bei der Christkindpost nicht mithelfen konnte. Wäre es nur das gebrochene Bein gewesen, dann hätte sie gerne von zu Hause gearbeitet, aber mit der angeknacksten Handwurzel … Und das hatte Herbert auf die Idee gebracht. O wie sich manchmal alles so wunderbar fügte! Er konnte bei dem Gedanken ein Grinsen nicht unterdrücken.

Kurz warf er einen Blick auf das offizielle Antwortschreiben, das mit den Worten begann:

„Liebes Erdenkind, bald ist es wieder so weit: Überall in den Fenstern leuchten Kerzen …" Bla bla.

Wer seine Kinder verhätschelt und ihnen eine heile Welt vorspielt, darf sich hinterher nicht wundern, wenn die Sprösslinge an den Anforderungen der Realität scheitern. Man brauchte sich nur mit offenen Augen umzuschauen, um zu sehen, was die Menschheit davon hatte: Krisen ohne Ende und eine Bevölkerung, die alles noch viel schlimmer machte.

Herbert zog eines seiner eigenen Antwortschreiben hervor, faltete es und steckte es in den Briefumschlag. Den Text konnte er in Gedanken auswendig aufsagen:

Hallo kleiner Hosenscheißer,

reicht es nicht, dass deine Eltern dich jahrzehntelang durchfüttern und dir ein Dach über dem Kopf anbieten? Dir ermöglichen, zur Schule zu gehen? Anstatt dafür dankbar zu sein, willst du mehr, willst Geschenke. Zu Weihnachten, zu Ostern, zum Geburtstag. Und was gibst du deinen armen Eltern später als Dank zurück?

Ich weiß es: Nichts gibst du. Schlimmer noch, du gehst deiner Wege und kümmerst dich einen feuchten Dreck um deine Eltern. Ihr seid alle gleich, undankbares Pack! Und deswegen bekommst du dieses Jahr zu Weihnachten genau das von mir: nichts. Da weißt du schon mal, wie das ist.

Flenn ruhig. Du bist nicht besser als all die anderen kleinen Nervensägen, die weder Zucht noch Anstand kennen. Damit sich angeblich die kindliche Seele entfalten kann. Schwachsinn. Wenn deine Eltern das unterstützen, sind sie asoziale Egomanen und haben nichts Besseres als dich verdient.

Aber hör auf, das Christkind mit deinen Forderungen zu belästigen! Sei endlich brav, bescheiden und rücksichtsvoll gegenüber deinen Mitmenschen.

Sonst schicke ich Knecht Ruprecht zu dir. Nachts holt er dich aus dem Bett und verdrischt dich mit seiner Rute nach Strich und Faden. Da kannst du zwei Wochen lang nicht auf deinem kleinen Hintern sitzen. Besonders unartige Kinder steckt er anschließend in den Sack.

Dein Christkind

Als Herbert den Umschlag in die Kiste für die Antwortbriefe legte, kam ihm der Gedanke, dass sein Schreiben eigentlich nicht korrekt war. Man titulierte heutzutage Kinder nicht als Hosenscheißer, sondern es hieß Hosenscheißer*in oder besser noch Hosenscheißende.

Ach, was ist nur aus der Welt geworden? Seit Gittas Tod wurde sie ständig schlechter. Seinen Sohn Friedrich hatte er seitdem gar nicht mehr gehört, geschweige denn gesehen. Um ihn tat es ihm nicht leid, dieses Weichei, aber er hätte seiner Enkelin Sophia einiges über die Welt beibringen können. Sie hatte bald ihren zwölften Geburtstag, an Heiligabend. Ein Christkind. Ihn schüttelte es bei dem Gedanken, dass Friedrich Sophias Erziehung ohne seine Hilfe übernahm. Für seine Ratschläge war er immer schon taub gewesen. Dabei hatte Herbert sich so viel Mühe gegeben. Nach Feierabend zum Beispiel hatte er stets die Hausaufgaben seines Sohnes überprüft und ihn diese in Schönschrift immer wieder neu schreiben lassen, bis sie ohne Rechtschreib- oder Rechenfehler waren. Was Hänschen nicht lernt, lernt Hans nimmer mehr.

Mit achtzehn war Friedrich von zu Hause weg. Wenn nicht Gitta gewesen wäre, hätte sein Sohn keinen Cent Unterstützung erhalten. Schließlich hatte Herbert von seinen Eltern auch nichts bekommen und sich selbst seinen Platz in der Welt erkämpfen müssen. Und das war gut so gewesen. Und Friedrich? Statt dankbar zu sein, beschimpfte er ihn. Darunter mit so unsinnigen Vorwürfen, dass er ihn überfordert hätte mit seinen hohen Erwartungen. Angeblich hätte das schon mit seinem altmodischen Namen angefangen – und dem, was Herbert damit verband. Mit Friedrich könne er sich doch völlig frei an vielen großen Namensvettern aus unterschiedlichen Disziplinen orientieren, erklärte Herbert die Namenswahl: Schiller, Nietzsche, Murnau, Wöhler, Friedrich I. und II., Friedrich der Große …

Eigentlich soll man nichts Schlechtes über Verstorbene sagen, aber es war letztlich Gittas Schuld. Sie hatte den Jungen zu sehr verhätschelt.

„Alles jut, Herr Schmitz?", riss ihn Frau Baums Stimme aus seinen Gedanken.

„Ja, danke. Ich denke nur über das nach, was die Kinder schreiben."

„Ja, nich? Dat is esu schön. Dat jeht mir immer so zu Herzen."

Herbert nickte und öffnete den nächsten Brief:

Liebes Christkind, ich wünsche mir so sehr ein Islandpony. Die Fellfarbe ist egal. Und auch, ob es eine Stute oder ein Hengst ist. Dafür würde ich Mama beim Putzen und Spülen helfen und mein kleiner Bruder dürfte mein Handy zum Spielen haben. Und ich würde mir nie mehr neue Klamotten wünschen ...

Würdest du doch, sagte sich Herbert und steckte genüsslich sein Antwortschreiben in den Umschlag.

Der nächste Brief: *Dear Santa, my wish is ...*

Aha, da war was von der Auslandspost in seinem Kasten gelandet. Egal. Herbert griff noch einmal unter seinen Pulloversaum und zog ein weiteres Papierbündel hervor. Dank Frau Feldhoff war er gut vorbereitet: *Hello little rugrat ...*

Herbert kam in Fahrt. Das machte richtig Spaß. Nächstes Schreiben: *Cher Christkind, je suis Julien ...*

Für Herbert kein Problem: *Salut petit merdeux ...*

„Herr Schmitz." Herbert zuckte zusammen, als Frau Baum plötzlich neben ihm stand. War er schon aufgeflogen? „Äh, ja?"

„Luuren Se ens he." Sie hielt ihm einen Brief vor die Nase, der voller Herzchen, Engelchen, Einhörnern, Sternen und anderen sentimentalen Bildchen war. Ein verwöhntes Gör glaubte wohl, damit das Christkind bestechen zu können. Ts! Moment, was stand da? *Ich wünsche mir Frieden. Deine Laura.* Sonst nichts. Herbert sah hoch zu Frau Baum.

„Sowat rührt misch immer esu." Herbert sah es feucht in Frau Baums Augenwinkeln glitzern.

„O Gott, die wird hier doch nicht in Tränen ausbrechen!", durchzuckte es ihn.

„Mir han janz viele Pänz, die sisch Frieden wünschen. Oder, dat mir mehr für dä Klimaschutz don."

„Ja, äh, das ist ... schön."

Frau Baum seufzte und ging zurück an ihren Platz.

Hm. Herbert nahm den nächsten Brief genauer in Augenschein: ... *ich wünsche mir, dass Oma wieder gesund wird. Deine Hanna*

Herbert zögerte, als er nach den Antwortschreiben griff. Eine Ausnahme könnte er ja mal machen. Die bestätigen schließlich die Regel.

Zwei Briefe weiter schrieb eine Emilia: *Mein größter Wunsch ist Frieden in der ganzen Welt. Warum machen Erwachsene sowas Dummes? Und immer nur Männer?*

Herbert wischte seine Augenwinkel trocken. Hm, das kam vom langen Briefelesen. Er beschloss, dass wieder die Ausnahmeregel galt. Die wurde mit den folgenden Briefen immer öfter angewandt. Dann stieß er auf einen Brief, der seine Hände so zittern ließ, dass er sich erst mal sammeln musste.

„Is et Ihnen nit jut, Herr Schmitz?"

„Doch, doch." Er starrte auf den Brief: ... *ich wünche mir das Papa nicht meer so traurig ist und auch nicht mein Bruder und er Lego Star Wars bekommt. Und grüs Mama im Himmel ganz lieb von uns allen.*

Als Herbert den Nachhauseweg antrat und zum Parkplatz ging, trug er einen Großteil seiner vorbereiteten Schreiben wieder unter seinem Pullover mit zurück. Dämmerung senkte sich über den Grauwackekomplex, in dem das Christkindpostamt angesiedelt war. Der Lichterengel am Engel-Museum verbreitete einen warmen Schein, der Herbert noch nie so weihnachtlich vorgekommen war.

Zu Hause in Ründeroth angekommen, schaute er als Erstes im Briefkasten, der im Hausflur hing, nach Post. Außer Rechnungen und Werbung erwartete er nichts Weiteres und war daher überrascht, einen Brief in der Handschrift eines Kindes vorzufinden. Eine schöne, runde Handschrift, wie er zugeben musste. Als er den Absender las, zitterten seine Hände. Sophia Schmitz. Er eilte in seine Wohnung, um den Brief zu lesen. Anschließend machte er einen Abstecher zu Enzo, seiner Lieblingstrattoria.

Als er spät in der Nacht zurück nach Hause wankte, begleitete ihn eisiger Nieselregen, der den Gehweg an manchen Stellen in kleine Rutschbahnen verwandelte. Herbert kam Frau Feldhoff in den Sinn und er machte vorsichtige Schritte. Er wollte auf keinen Fall so enden wie sie. Wer würde dann im Christkindpostamt für ihn einspringen? Und außerdem gab es da noch jemand, der ihn erwartete. Er legte seine rechte Hand in Herzhöhe auf seine Jacke. In der Innentasche steckte Sophias Brief. Er hatte ihn immer und immer wieder gelesen, erst zu Hause und dann bei Enzo, sodass er ihn nun in Gedanken hersagen konnte:

Lieber Opa, wir haben uns schon so lange nicht mehr gesehen und ich vermisse dich voll. Es ist traurig, dass Papa und du Krach habt. Ich wünsche mir zu Weihnachten und zu meinem Geburtstag, dass ihr euch wieder vertragt und dass du uns besuchen kommst. Machst du das? Bitte. Papa ist einverstanden. Er will auch keinen Streit anfangen. Hat er mir versprochen. Mama und er lassen grüßen. Deine Sophia

Herbert erreichte sein Wohnhaus. Aus Frau Feldhoffs gekipptem Fenster erscholl „O du fröhliche". Beschwingt tänzelte Herbert den Treppenaufgang zur Haustür hoch. Die Eisschicht auf der vorletzten Stufe bemerkte er erst, als es zu spät war. Rücklings stürzte er die Treppe hinab. Der unheilvoll knackende Laut, der entstand, als sein Nacken gegen das Metallgeländer krachte, ging unter in „... gnadenbringende Weihnachtszeit ...".

Anne Schmitz

HINTER DEN LICHTERN

„Verdammte Scheiße, ist das kalt", sagte Bastian und hauchte sich in seine rotgefrorenen Hände. „Mir frieren schon die Nasenhaare ein."

„Minus zehn Grad waren es gestern. Heute soll es noch kälter werden", sagte Martin, der vorsichtig hinter dem parkenden Auto vorlugte, hinter dem sie in Deckung gegangen waren.

„Vielleicht sollten wir es besser lassen. Ich wär jetzt viel lieber im Club", beschwerte sich Bastian, dem das Ganze sowieso zu viel wurde. Zweimal, auch dreimal, war es ja witzig gewesen, aber sie waren nun schon zum sechsten Mal hier und das bei dem Wetter. Seit zwei Tagen waren die Temperaturen ins Bodenlose gefallen, was im Bergischen nur alle Jubeljahre vorkam.

„Quatsch. Es dauert doch nur ein paar Minuten. Der Spaß ist das bisschen Frieren wert", sagte Martin und fügte grinsend hinzu: „Die Kramers sind einfach zu dämlich. Hier ist es fast so hell wie auf 'nem Fußballplatz bei Flutlicht."

Das Haus der Kramers war in ganz Bergneustadt berühmt. Sogar die Oberbergische Volkszeitung berichtete jedes Jahr von den mehr als hunderttausend Lichtern, mit denen die

Kramers ihr Haus zur Weihnachtszeit dekorierten. Lichterketten, traditionell und in der Form von Eiszapfen oder Regenschauern, sowie Lichternetze, wahlweise strahlend oder blinkend, schmückten das Haus, die Garage, die Bäume und den Jägerzaun. Auf der weißen Hauswand wirbelten projizierte Sterne umher. Leuchtende Rentiere, Rehe, Schlitten und Geschenke und ein drei Meter großer aufblasbarer Schneemann bevölkerten den Garten. Auf dem Dach war ein Weihnachtsmann montiert, der in den Schornstein stieg. Selbst der in den Boden eingelassene Pool war nicht vergessen worden. In seinem Eis war eine Badeinsel festgefroren, auf der ein – wie konnte es anders sein – in allen Farben blinkender Plastikweihnachtsbaum thronte.

„Alles ruhig", sagte Martin, nachdem er zwischen den Streben des Zaunes hindurch den Garten und das Haus in Augenschein genommen hatte. Er zog sein Handy aus der Tasche und stellte den Timer auf zwei Minuten ein. So wie sie es die letzten Tage auch gemacht hatten. „Dann los!"

„Aber das ist das letzte Mal", sagte Bastian. Ein ungutes Gefühl, das ihn immer befiel, bevor sie starteten, wuchs zu einem Bauchschmerz heran.

Martin grinste nur und tippte auf das Display. „Go!"

Sie kletterten über den Zaun, rannten so schnell sie konnten über das Grundstück und zogen so viele Stecker wie möglich aus den unzähligen Verlängerungskabeln. Mit jedem gekappten Stromkreis wurde es ein wenig dunkler im Garten. Bastian hastete zu dem Stecker einer kürbisgroßen Weihnachtsbaumkugel. Er legte die Finger um die Steckdose zu seinen Füßen. Im selben Augenblick durchdrang ein markerschütternder Schrei die frostige Nacht.

Dann kam der Schmerz.

***

Zwei Tage zuvor ...

„Kathrinchen, loss et sin. Es ist schon bald Mitternacht. Wir können das morgen machen." Alfred Kramer stand in der Haustür und beobachtete seine Frau, wie sie mit Pantoffeln und ihrem Bademantel bekleidet durch den Garten lief und die Stecker wieder einsteckte.

„Ich mach das jetzt." Katharina Kramer ging zur nächsten Steckdose. An ihrem Gang konnte Alfred erkennen, dass sie auf hundertachtzig war.

„Och Kathrinchen, kumm erin. Es ist doch so kalt."

„Dann warte mal die nächsten Tage ab", gab seine Frau zurück. „Der Wetterbericht sagt Temperaturen im zweistelligen Minusbereich voraus." Sie schüttelte sich, als wäre ihr die Kälte in die Glieder gefahren. „Aber du hast recht. Ich sollte mich beeilen." Katharina eilte schneller durch den Garten.

Plötzlich stolperte sie, strauchelte, stieß einen spitzen Schrei aus und fiel.

„Katharina!" Alfred rannte los. Er konnte sie nicht mehr sehen. Sie schien wie vom Erdboden verschluckt. Doch er wusste genau, wo sie war, wo sie sein musste.

Er erreichte den Pool. Da lag sie im Wasser, bewegungslos. Eissplitter, die von der dünnen Eisdecke übrig geblieben waren, schlossen sich über ihrem Körper. Am Poolrand sah Alfred eine rote Blutspur. Ebenso dunkel wie das Blut, das sich jetzt langsam um den Kopf seiner Frau ausbreitete.

***

Bastian kam zu sich. Die Erinnerungen schossen ihm ins Gedächtnis. Er riss die Augen auf, erfasste die Situation mit einem Blick. Er versuchte zu schreien, doch er konnte seinen Mund nicht öffnen. Nur ein ersticktes Gurgeln entstieg seiner

Kehle. Er schüttelte den Kopf, versuchte Arme und Beine zu bewegen. Doch er wusste, dass es aussichtslos war ...

Der Lichterschein der Weihnachtsdekoration, der nur schwach in diesen Teil des Gartens drang, erhellte einen runden Tisch, an dem Bastian saß. Drei weitere Stühle standen um ihn herum. Direkt neben Bastian saß Martin. Seine Hände waren mit Kabelbindern hinter der Stuhllehne und die Füße an die Stuhlbeine gefesselt. Panzertape verschloss seinen Mund. Der Kopf hing ihm auf die Brust.

Ihm gegenüber saß Katharina Kramer. Sie war ebenfalls an den Stuhl gefesselt, jedoch mit Schals und Halstüchern. Ganz so, als sollte sie es bequem haben. Ihren Körper bedeckte eine Eisschicht. Starr und tot blickten ihre Augen geradeaus.

Ach du Scheiße! Was war hier los? Bastian schüttelte den Kopf, riss an seinen Fesseln.

„Jungchen, lass das." Alfred Kramer stand von seinem Stuhl auf, ging zum Haus und kam kurze Zeit später mit einem Gartenschlauch zurück.

Bastian krampfte sich der Magen zusammen. Der wollte doch nicht etwa ...?

„Wir waren achtundvierzig Jahre glücklich verheiratet, Kathrinchen und ich. Natürlich haben wir auch gestritten. Kathrinchen konnte gut streiten." Er lächelte verliebt und traurig, unsagbar traurig. „Aber wir haben uns immer wieder versöhnt." Alfred Kramer drehte die Gartenschlauch-Spritze auf. Teilnahmslos sah er dem Wasserstrahl, der auf den gefrorenen Boden traf, zu.

„Ich konnte Kathrinchen nur noch tot aus dem Pool ziehen. Ich habe sie hierhergesetzt. Nachdem ich mich umgezogen hatte, kam ich zu ihr zurück. Sie war etwas gefroren. Ich habe mir gedacht, Alfred, habe ich gedacht, Kathrinchen will noch gar nicht gehen. Sie will noch bei dir bleiben." Er sah seine zu einem Eisblock erstarrte Frau an und strich ihr liebevoll über die Wange. „Wir zwei hatten ein erfülltes Leben. Das Einzige, was uns verwehrt blieb, waren Kinder." Er sah jetzt Bastian direkt in die Augen. Bastian hörte seine Worte, konnte sie aber nicht begreifen. Sein Hirn konnte die Ausweglosigkeit nicht fassen und weigerte sich zu verstehen.

Alfreds Stimme wurde rau und tiefer, als er weitersprach: „Ich wusste, dass ihr wiederkommen würdet. Ich habe die Steckdosen unter Strom gesetzt. Mit nur einem Schlag auf den Kopf wart ihr außer Gefecht. Ich habe euch zu Kathrinchen gebracht. Zuerst dachte ich, es wäre eine schlechte Idee, weil ihr ja keine gute Gesellschaft seid. Aber dann habe ich mir überlegt, dass Kathrinchen bestimmt eine gute Mutter gewesen wäre. Sie hätte euch die Flausen ausgetrieben."

Alfred Kramer richtete sich auf. „Ihr werdet ihr Gesellschaft leisten."

Er hob den Gartenschlauch und bespritzte erst Martin, dann Bastian mit dem kalten Wasser. Als das Wasser auf ihn traf, setzte Bastians Herz einige Schläge aus. Es war so unfassbar kalt. Jeder Tropfen schmerzte zuerst wie Nadelstiche, doch dann steigerte sich der Schmerz, als würde ihm die Haut vom Körper gekratzt. Er konnte an nichts mehr denken als an den Schmerz.

Bastian wusste nicht, wie viel Zeit vergangen war. Irgendwann schien seinem Körper alles egal zu sein. Der Schmerz verblasste. Panik und Todesangst wichen einer angenehmen Gleichgültigkeit. Bis ihn eine allumfassende Stille einhüllte.

Andreas Wöhl

SOLINGER QUALITÄT

„Es gehört mir!" Thorbens Finger schlossen sich fester um den Messergriff. Niemals würde er es hergeben, niemals!

„Beweg dich nicht", sagte eine Männerstimme zu ihm.

Pah, dem würde er zeigen, wie er sich bewegen konnte! Vor allem seine Finger. Sie waren sein Kapital. Ohne sie besäße er das Klappmesser jetzt nicht. Er hatte es nicht tun wollen, nein, er verwendete keine Waffen, nie. „Wenn du eine Waffe in die Hand nimmst", hatte ihn sein Vater gewarnt, „musst du auch bereit sein, sie zu benutzen." Mit fünfzehn war er bereit gewesen. Sein Vater hatte es am eigenen Leib erfahren. Mit dessen eigenem Kampfmesser. Viel hatte nicht gefehlt und Thorben hätte sich zur Waise gemacht. Da Thorben noch minderjährig gewesen war, kam er ohne lange Gefängnisstrafe davon. Damals hatte er sich geschworen, nie wieder eine Waffe in die Hand zu nehmen. Und jetzt das. Aber es hatte sein müssen. Es war ein regelrechter Zwang gewesen. In dem Moment, in dem er das Jagdmesser an dem Weihnachtsmarktstand auf Schloss Grünewald gesehen hatte, hatte es ihn gepackt. Ihm war, als hätte es dort auf ihn gewartet, als wäre es nur für ihn geschaffen worden. Hätte es vorne, bei den Zöppken und anderen Klingen gelegen, wäre es Thorben „Flinkfinger", wie er in der Szene genannt wurde, ein Leichtes gewesen, es mitgehen zu lassen.

Kurz packte ihn der Impuls, es zu versuchen. Aber beim Blick in die listigen Augen des Verkäufers war ihm sofort klar, dass der genau wusste, was in Thorben vorging. Mit seinem diabolischen Grinsen schien er Thorben herausfordern zu wollen. Der Mann war irgendwie unheimlich. Lag es an seinem Gesicht, das durch den spitzen Kinnbart dreieckig wirkte, oder an seinen Zähnen, die im Kerzenschimmer gelblich und scharf blitzten wie das Gebiss eines Raubtiers?

„Sie haben einen guten Geschmack, junger Mann", ölte seine sonore Stimme und etwas blitzte auf in den Pupillen hinter der Halbglasbrille. „Das ist erlesenste Handwerkskunst, ein Unikat, echte Solinger Qualität. Carbonstahl. Der geht durch Knochen wie durch Butter. Der Griff ist aus bergischem Ebenholz, bei Vollmond geschlagen, und schmiegt sich in Ihre Hand, als wäre er ein Teil davon. Die Backen sind aus feinstem Silber und die Platinen aus Messing. So ein Messer finden Sie in Ihrem ganzen Leben nicht noch einmal."

Es brauchte diese Worte nicht, um Thorben zu überzeugen, dass er es haben musste. Koste es, was es wolle. Als der Händler allerdings den Preis nannte, musste Thorben schlucken. Verdammt, so viel hatte ihm seine Langfingerei heute Abend noch nicht eingebracht. Er würde sich erst noch etwas „umschauen" müssen auf dem Weihnachtsmarkt. Allerdings musste er aufpassen, dass er es nicht übertrieb und auffiel. Soeben war nämlich über eine Lautsprecherdurchsage vor Taschendieben gewarnt worden.

Deshalb hatte er für heute vorzeitig Schluss machen und sich zum Abschluss eine Burger Brezel gönnen wollen, die er schön in Glühwein zoppen und beim Anblick der Feuershow, die gleich starten würde, genießen wollte. Vielleicht wurde daraus ja noch was. Eine fett gefüllte Brieftasche würde reichen. Die Leute, die den Eintritt für den „Romantischen Weihnachtsmarkt" auf der aus dem 15. Jahrhundert stammenden Hofanlage zahlten, hatten meist genügend eingesteckt für das exklusive Kunsthandwerk, Design und die kulinarischen Köstlichkeiten. Hm, eigentlich wäre die Show der Feuerschlucker eine gute Gelegenheit, da waren die Leute abgelenkt. Er bat den Händler, das Messer für ihn zu reservieren.

„Ich sehe, es kommt in die richtigen Hände", antwortete der mit schiefem Grinsen. Doch als Thorben etwa eine halbe Stunde später mit dem nötigen Geld zurückkam, war das Klappmesser nicht mehr da. „Gerade verkauft. An den Herrn dort drüben. Den mit der dunklen Mütze."

Gerne hätte Thorben seine Finger in diesem Moment mit dem Hals des Verkäufers spielen lassen, aber dafür war keine Zeit. Der Mann mit der Mütze durfte ihm nicht entwischen. Thorben schlängelte sich durch die Besuchermassen, die dicht gedrängt zum Klang von weihnachtlicher Livemusik durch den von Fackeln, Feuerkörben und Lichtinstallationen illuminierten Park flanierten und die Angebote und Darstellungen der mehr als hundert Künstler und Kunsthandwerker bestaunten. Ein Hofnarr belustigte die Kinder mit Jonglagen. Der Duft von Lebkuchen, frischen Maronen und Glühwein vermischte sich mit dem der mittelalterlich zubereiteten Fackelspieße und des Elsässer Flammkuchens. Thorben hatte dafür jetzt keinen Sinn, er konzentrierte sich auf sein Ziel. Der Mann mit der Mütze bewegte sich weg von den Ständen in Richtung der alten Orangerie, in der Textildesign angeboten wurde. Thorben erreichte ihn kurz vorm Eingang. Seine geübten Finger schossen in die rechte Jackentasche des Mannes, in der er eine Ausbuchtung erkannt hatte, und schlossen sich um einen Holzgriff. Er zitterte vor Erregung. Der Mann fuhr herum.

„He, was soll …?"

Die Klinge klappte wie von selbst auf, als er seine Hand aus der Jacke zog. „Wenn du eine Waffe in die Hand nimmst ..." Der Verkäufer hatte nicht gelogen. Die Carbonstahlklinge schnitt durch die Hand des Mannes wie durch Butter. Feinste Solinger Qualität!

„Es ist meins", zischte er den Mann an, der mit bleichem Gesicht und großen Augen auf das sah, was die Klinge aus seiner Hand gemacht hatte.

Den Schrei stieß aber nicht er aus, sondern die Frau neben ihm. Hinter ihm erklang ein weiterer.

Nicht nur Thorbens Finger waren flink, auch seine Füße. Er ließ sich nicht stoppen und rempelte zig Schultern an.

„Da ist er!", ertönte es inmitten wütender Stimmen hinter ihm.

Verdammt, wo war der Ausgang? Er hielt Ausschau nach der Doppelspitze des schiefergrauen Turmdachs oder dem beleuchteten Fachwerkgiebel des Herrenhauses, um sich zu orientieren. Da, rechts von ihm. Okay, jetzt wusste Thorben, wo er lang musste.

„Bleiben Sie stehen!"

Das klang nach einem Bullen oder Wachdienst. Um das zu wissen, brauchte Thorben sich nicht umzudrehen.

„Halt, Mann!"

Mist, die Stimme kam von der linken Seite. Ganz nah. Thorben wirbelte herum.

„He, he, ganz ruhig. Lass das Messer fallen!"

Der bullige Typ vom Sicherheitsdienst stand keine zwei Meter vor ihm. Schnelle Schritte näherten sich. Der zweite Wachmann. Ihm blieb keine Wahl. Er sprang den Kerl vor ihm an. Die Messerhand stieß nach vorn. Doch die Klinge traf nur ins Leere. Der Typ hatte den Angriff vorausgeahnt, und Thorben spürte plötzlich einen harten Griff um sein rechtes Handgelenk.

„Messer – fallen – lassen", zischte ihm der Wachmann ins Ohr.

Es aus der Hand geben? „Niemals", raunte Thorben und wand sich. Der Typ war trainiert, aber Thorben hatte auch seine Tricks drauf. Er ließ sich fallen und riss den Wachmann mit sich. Ein Stich fuhr in Thorbens Bauch. Erst wunderte sich Thorben, dass der Kerl plötzlich von ihm abließ, dann realisierte er, dass etwas mit seinem Bauch nicht stimmte. Er blickte auf seine Hand, die noch immer den Griff des Klappmessers umschloss. Doch die

Klinge war nicht mehr zu sehen. Thorben blinzelte. Sie musste in seinem Bauch stecken, ja, unzweifelhaft, aber sie war so scharf, dass er so gut wie nichts spürte. Was für eine Qualität!

„Beweg dich nicht", sagte eine Männerstimme zu ihm. Warum sollte er sich auch bewegen? Jetzt konnte es ihm niemand mehr wegnehmen. Thorben fühlte sich wie im Rausch.

„Ruf den Rettungsdienst", hörte er den Wachmann zu seinem Kollegen sagen. Wozu ein Rettungsdienst? Egal. Thorben würde einfach hier liegen bleiben. Mit seinem Messer. Jemand kniete plötzlich neben ihm. „Lass mal sehen." Eine Hand legte sich auf seine.

„Nein!" Er packte mit seiner Linken die Hand des Wachmanns. Mit der Rechten umklammerte er weiter den Ebenholzgriff. Er lag so angenehm in der Hand, als wäre er ein Teil von ihr.

„Beweg dich nicht. Sonst machst du es nur noch schlimmer. Lass besser los."

„Es ist meins", keuchte Thorben.

„Das muss eine verdammt scharfe Klinge sein. Hat einen schönen Griff."

„Ja, hat es ..."

„So was habe ich noch nie gesehen." Der Wachmann war tief über ihn gebeugt. Seine Stimme vibrierte. Thorben fühlte zwei starke Hände auf seiner Messerhand.

„Nein!", presste er hervor.

Der bullige Typ versuchte, Thorbens Griff zu lösen. Die Klinge glitt bei ihrem Ringen quer durch Thorbens Bauch. Wie durch Butter ...

„Ich muss es haben ...", keuchte der Wachmann.

„Alles okay, Michael?", fragte jemand aus dem Hintergrund. Stechender Schmerz überflutete Thorben. Das Letzte, was er wahrnahm, war eine nahe, kehlige Männerstimme:

„Es ... es ist seine eigene Schuld. Warum hat er nicht losgelassen?"

Anne Schmitz

EIN SCHRECKLICH GUTER TAG

„Mein Name ist Anton Weber. Mein Beruf: Privatdetektiv. Ja, Sie haben richtig gehört – Privatdetektiv mit Fedora-Hut und Kurzmantel. Den obligatorischen Trenchcoat hab ich mir schnell wieder abgewöhnt. Das bergische Wetter, besonders jetzt im Dezember, ist nicht für solche Bekleidungsstücke ausgelegt. Auch das Schulterholster mit einer Smith & Wesson, das ich gerne getragen hätte, ist leider im Bergischen Land unpassend. Am liebsten wäre ich in den USA zu Zeiten der Prohibition geboren worden. Aber wie so vieles in meinem Leben hat auch dies nicht geklappt. Ich wuchs in den Wuppertaler Slums auf, habe einiges eingesteckt, aber auch ausgeteilt.“

Bei diesem Gedanken hob sich meine Hand wie von selbst und betastete mein linkes Auge. Zum Glück war es nicht zugeschwollen, zumindest nicht vollständig, sodass mir ein Sehschlitz blieb. Jedoch zogen die ausdrucksstarken Blautöne, die mein Auge umgeben mussten, die Blicke der anderen Fahrgäste auf sich.

Ich lehnte mich in den nur mäßig bequemen Sitz der Wuppertaler Schwebebahn zurück und unterdrückte ein Stöhnen. Stechende Schmerzen schossen durch meinen Brustkorb. Der Mistkerl hatte mir bestimmt ein paar Rippen gebrochen. Da ich quer zur Fahrtrichtung saß, legte ich meinen Hinterkopf gegen die Scheibe. Mein Hut glitt bis zur Nasenspitze. Ich hatte keine Lust auf neugierige Blicke.

Dieser Tag hatte so gut angefangen. Jessika! Was für eine Frau. Sie war kein Hungerhaken wie so viele. Eher wohlproportioniert, ganz nach meinem Geschmack. Jessika hatte mich zum Frühstück eingeladen. Sie wolle mit mir den gestrigen vierten Advent nachfeiern, hatte sie gesagt. Ich fragte nicht warum, sondern nahm die Einladung an.

Es stellte sich schnell heraus, dass es ein Vorwand gewesen war. Keine zehn Minuten nach meinem Eintreffen wechselten wir von der Küche in das Schlafzimmer. Was dort geschah, hatte weder etwas mit Frühstück noch mit dem vierten Advent zu tun, wie Sie sich sicher denken können ...

Leider hatte Jessika vergessen zu erwähnen, dass ihr Ehemann die Platin-Karte von der Muckibude besaß. Was eigentlich kein Problem darstellte, wäre er nicht zufälligerweise schon am Mittag nach Hause gekommen. Ich wollte ihn fragen, wie es dazu gekommen war, doch war ich zu sehr damit beschäftigt, in meine Hose zu springen, während ich gleichzeitig versuchte, den Fäusten dieses wütenden Kolosses auszuweichen. Ich floh, bevor er mich zermalmen konnte. Aber die Blessuren, die ich davontrug, waren recht schmerzhaft, wie mir jeder Atemzug aufs Neue bewies. Dieser Tag konnte nur besser werden. Wurde er natürlich nicht ...

Die Schwebebahn hielt an der Haltestelle Wupperfeld. Fahrgäste stiegen aus und andere ein. Über meine Nasenspitze hinweg beobachtete ich das Geschehen. Die meisten waren bepackt mit Tüten und Päckchen, die ihre Weihnachtseinkäufe verbargen. Es war nicht sonderlich viel los.

Ich wollte meine Augen schon schließen, um ein wenig zu entspannen, da betrat jemand die Bahn, den ich nicht erwartet hätte – der Nikolaus. Ja, Sie haben richtig gehört: der Nikolaus. Allerdings wirkte er nicht so, wie man sich den Nikolaus vorstellt. Dieser hier war dürr. Der Luftzug der sich schließenden Türen hätte den rot-weißen Mantel bestimmt aufgebauscht, wenn eine Jutekordel ihn nicht zusammengehalten hätte. Er wirkte außerdem so freundlich wie ein Tellereisen auf dem Wanderweg. Seine hellblauen Augen waren zu Schlitzen verkniffen, huschten unstet hin und her. Der weiße Rauschebart wirkte schäbig und zerrupft, als hätte er ständig daran herumgenestelt. Auf dem schmalen Streifen Stirn, der noch unter dem Rand der Kapuze hervorlugte, glitzerten Schweißtropfen. Mir war sofort klar ... der Kerl bedeutete Ärger.

Die Schwebebahn setzte sich in Bewegung. Die Fahrgäste suchten sich einen Platz … bis auf den Nikolaus. Er ging nach vorn zur gläsernen Abtrennung, die den Zugführer von den Gästen trennte. Dort blieb er stehen, den Blick in Fahrtrichtung.

Ich war so auf den Nikolaus fixiert, dass ich den Mann nicht kommen sah. Er ließ sich auf den Sitzplatz neben mir fallen. Ein etwa ein Meter hoher Weihnachtsbaum krachte zwischen uns auf den Boden. Dabei streifte er versehentlich mein Knie. Schmerz schoss durch mein Bein bis hinauf in die Hüfte. Ein Stöhnen entwich meiner Kehle. „Tschuldigung", sagte mein neuer Sitznachbar, kramte ein Handy aus der Jackentasche und war für den Rest der Welt nicht mehr ansprechbar.

Ich betastete das auf die doppelte Größe angeschwollene Knie. Verdammt, anscheinend hatte mein Sparringspartner von heute Morgen mich auch dort übel erwischt. Allmählich ahnte ich, wie sich ein Mettbrötchen fühlen musste. Ein weiteres Stöhnen unterdrückend, setzte ich mich auf und schob den Hut auf den Kopf. Ich wollte diesen Nikolaus im Auge behalten. Er führte etwas im Schilde, da war ich mir ganz sicher. Nur wenige Minuten später wurde meine Vermutung zur Gewissheit und mein Tag noch schlechter als vorher ...

Vorerst jedoch fuhr die Bahn in eine Kurve und schwenkte dabei leicht aus, wie sie es immer tat. Die Fahrgäste nahmen keine Notiz davon. Doch mir ermöglichte es einen Blick über das winterliche Wuppertal. Die Weihnachtsdeko in den Fenstern und an den Straßen ließen die sonst recht schiefergraue Stadt in einem friedlichen Licht erstrahlen. Das weiß verschneite Ufer rahmte die Wupper ein. Matschig grau waren dagegen die Gehwege, was den Anblick etwas trübte und mich wieder den Nikolaus betrachten ließ. Er kramte gerade etwas unter dem Mantel hervor. Von meinem Sitzplatz aus konnte ich nicht erkennen, was es war. Doch dann hielt er einen Zettel an die Trennscheibe zum Führerhaus und klopfte dagegen. Das Plock-Plock ließ mir das Blut in den Adern gefrieren. Das klang nicht wie Fingerknöchel auf Glas ...

Der Fahrer, ein untersetzter Herr Mitte fünfzig, drehte den Kopf zu dem Fahrgast. Er lächelte, als er den Nikolaus bemerkte, dann wanderten seine Augen zum Zettel. Sie lasen und weiteten sich mit jedem Buchstaben. Erschrocken blickte der Fahrer den Nikolaus an. Dieser nickte in Fahrtrichtung. Der Zugführer richtete seinen Blick hastig wieder nach vorne und erstarrte zur Salzsäule.

Das war nicht gut, gar nicht gut.

Der Nikolaus ging zu einem jungen Burschen und drückte ihm seinen Jutesack in die Hand. Dann wandte er sich an die Fahrgäste: „Dies ist ein Überfall. Legen Sie Geldbeutel, Schmuck und Handys in den Beutel. Dann wird Ihnen nichts geschehen." Er hob eine Pistole hoch und deutete damit auf jeden Fahrgast.

Warum hatte der Typ eine Waffe und ich nicht? War ja mal wieder typisch!

Hätten wir uns in einem Krimi befunden, wäre jetzt Chaos ausgebrochen: schrilles Kreischen, schreiende Babys, in Panik durch den Zug rennende Menschen, die übereinanderstolperten und sich gegenseitig zu Boden rissen, gemischt mit dem wütenden Brüllen des Täters.

Doch nichts dergleichen geschah. Zwar verlor der eine oder andere seine gesunde Gesichtsfarbe und ängstliche Blicke huschten hin und her, doch ansonsten rührte sich niemand. Ich schrieb dies dem besonnenen Gemüt der bergischen Menschen zu ... wie auch immer.

Der junge Mann stand auf, ging zu einer älteren Frau, die daraufhin ihre ganze Handtasche in den Jutesack stopfte. Mir drängte sich der Eindruck einer etwas aus dem Ruder gelaufenen Kollekte auf. Ich musste handeln, konnte diesem Nikolaus seine kriminellen Machenschaften nicht durchgehen lassen. Wäre ich doch nur nicht so angeschlagen gewesen! Unter normalen Umständen hätte ich ihn im Nullkommanichts überwältigt, aber so ...

Ich betrachtete den rot-weißen Kerl genauer. Seine Pistole, die jeder Bewegung des jungen Mannes folgte, zitterte leicht. Alles in allem wirkte er nicht wie jemand, der jeden Tag Raubüberfälle durchführte. Es schien alles etwas stümperhaft. Mal ehrlich, welcher Gangster, der was auf sich hielt, würde sich als Nikolaus verkleiden? Und die Waffe? War sie echt oder nur eine Schreckschusspistole? Zudem sah mir der Nikolaus so aus, als könne er sich auf der Staumauer der Wuppertalsperre verlaufen. War er wirklich in der Lage, sich auf dem Schwarzmarkt oder im Darknet eine Pistole zu besorgen? Wohl kaum.

Ich entschied mich zu handeln. Ich packte den erstbesten Gegenstand, den ich greifen konnte, und warf ihn dem Nikolaus entgegen. Der Weihnachtsbaum traf seine Pistolenhand. (In Gedanken klopfte ich mir auf die Schulter, für diesen grandiosen Wurf.) Der Nikolaus wurde zurückgeschleudert. Ein ohrenbetäubender Knall krachte durch den Waggon. Glas barst. Der Zugführer kippte nach vorne.

Verdammt! Das hätte nicht passieren sollen. Jetzt war es mit der bergischen Gemütlichkeit vorbei. Die Menschen schrien und kreischten. Sie hasteten und stolperten nach hinten, möglichst weit weg vom Täter.

Ich spurtete in die entgegengesetzte Richtung. Wenn man das Stolpern und Taumeln überhaupt so nennen konnte. Die Schmerzen raubten mir fast den Atem und ließen mich nur schwer vorwärtskommen. Aber auch ich bin ein bergischer Jung und Gott sei Dank mit der berühmten bergischen Sturheit gesegnet. So gab ich nicht auf und erreichte den Nikolaus. Ich warf ihm alles entgegen, was ich hatte – mich.

Mit voller Wucht schlug ich gegen ihn und riss ihn zu Boden. Er wollte sich abstützen, dabei die Waffe aber nicht loslassen. Dies war sein Pech und mein Glück. Sein Handgelenk traf in einem unglücklichen Winkel auf dem Boden auf. Mit einem Knacken brachen Knochen. Er schrie. Die Waffe entglitt seiner Hand. Mit geübten Griffen rollte ich den unter Schmerzen stöhnenden Mann auf den Bauch und drehte ihm die Hände auf den Rücken. Da ich keine Handschellen zur Hand hatte, riss ich ihm die Jutekordel vom Bauch und fesselte ihn. „Geschafft!" Der Täter war gefasst.

Ein Ruck ging durch die Bahn. Da der Zugführer die Schwebebahn nicht mehr führte, setzte die Notbremse ein. Wir würden sicher den Bahnhof Oberbarmen erreichen.

Erleichtert atmete ich auf. Jetzt musste ich nur noch der Polizei Rede und Antwort stehen. Aber das war ein Klacks. Das mit dem Fahrer dürfte als Unfall durchgehen. Dieser durchgeknallte Nikolaus hätte schließlich größeren Schaden anrichten können. Womöglich hätte er Menschen erschossen oder sogar den Zug zum Entgleisen gebracht. Würde man mir einen Orden verleihen? Das wäre die beste Werbung für meine Detektei. Ich lächelte erschöpft, aber zufrieden.

Was für ein Tag. Vielleicht würde er noch besser werden …

Andreas Wöhl

NEBEN DEM MISTELZWEIG

„Die Fichte sticht, die Tanne nicht", erklärte Christians Kollege Malte Andersen, der sie an diesem Dezemberabend in dreiundzwanzig Metern Höhe über den Holzbohlenpfad durch die Baumwipfel führte. Christians Töchter kicherten. Im Gegensatz zu Emma und Nina kannte Christian den Sinnspruch bereits, wie er auch jeden Baum und Strauch im Naturerlebnispark Panarbora unweit von Waldbröl kannte, von der Wurzel bis zur Spitze. Normalerweise war er aber erst viel später hier unterwegs, dann nämlich, wenn der Park bereits geschlossen war. Er war der Nachtwächter dieses elf Fußballfelder großen Geländes. Christian musste immer lächeln, wenn ihm Leute sagten, dass es ihnen zu unheimlich wäre, alleine nachts zwischen Baumwipfeln oder dem Hecken-Irrgarten umherzuwandern. Er war gerne im Dunkeln und der nächtlichen Stille unterwegs. Dann stieg er über den Aussichtsturm nicht nur zum Baumwipfelpfad empor, sondern anschließend weiter bis zur Plattform auf vierzig Metern Höhe. Unten im Park drehte er seine Runde bis zur gegenüberliegenden Seite mit den Baumhäusern der Jugendherberge und hinunter zu den Erlebnisdörfern. Heute Abend aber war er früher hier, um seiner Familie seinen Arbeitsplatz in einem ganz anderen Licht präsentieren zu können. Ausgerüstet mit an Stöcken hängenden Laternen bestaunten sie und die anderen Mitglieder ihrer kleinen Gruppe den Park aus der Vogelperspektive. Und es gab viel zu bestaunen, denn die Lichtinstallationen des Winterleuchtens tauchten nicht nur Baumwipfelpfad und Aussichtsturm, sondern auch die Spielplätze, den Mini-Weihnachtsmarkt, die Weihnachtseisenbahn, den Hecken-Irrgarten und die Gebäude in eine Winter-Wunderland-Atmosphäre. Christians Familie hatte sichtlich Vergnügen.

„Das, was wie ein winziger Busch auf den Ästen der Erle wächst, sind Misteln", erklärte Malte Andersen beim nächsten Stopp. „Früher glaubte man, Misteln werden von den Göttern gesät. Die keltischen Druiden schrieben ihnen Zauberkräfte zu. Sicher kennt ihr Miraculix, den Druiden aus ‚Asterix und Obelix'. Der mischt auch Misteln in seinen Zaubertrank." Die Kinder traten staunend näher. „Tatsächlich verbreiten sich die Misteln durch die Vögel, die die Früchte fressen und die Samen auf anderen Bäumen wieder ausscheiden. Obwohl sie nicht von Göttern stammen, wird den Misteln doch auch heute noch Zauberkraft zugeschrieben. Es heißt, wenn sich ein Junge und ein Mädchen unter einem Mistelzweig küssen, bringt das Glück." Er sah Emma, Nina und den Jungen an, der neben ihnen stand. Mit einem spitzbübischen Grinsen fragte er: „Na, möchte es jemand mal versuchen?"

Der Junge sah ihn mit großen Augen an und wandte sich rasch ab. Christian musste schmunzeln, nahm seine Charlotte bei der Hand und gab ihr einen innigen Kuss.

***

Emma und Nina regten sich auf der Heimfahrt immer noch über Maltes unmöglichen Scherz auf, aber sie fanden den Arbeitsplatz ihres Vaters „voll krass". Als Christian später in den Park zurückkehrte, um seinen Dienst anzutreten, waren die Lichter des Winterleuchtens bereits abgeschaltet. Er schaute in der Rezeption vorbei. Dort saß Elena. Wenn die Mitarbeitenden vom Bereich Umwelt und Gastronomie längst Feierabend gemacht hatten, saß sie immer noch da, bis er seinen Dienst antrat. „Du hättest besser auch mal die Führung zu den Misteln mitgemacht", sagte er in Anspielung darauf, dass sie seit Kurzem wieder Single war.

„Ich glaube nicht an Magie. Liebe kann man nicht erzwingen."

Er dachte über Elenas Worte nach, als er seine Runde drehte. Es war nach Mitternacht. Stille lag über dem stockdunklen Gelände, einzig das Licht aus zwei Baumhausfenstern zeigte ihm an, dass er nicht als Einziger noch wach war. „Vielleicht kann man Liebe nicht beschwören, aber man kann etwas dafür tun, dass sie erhalten bleibt", überlegte er. Christian wandte sich in Richtung des Aussichtsturms, der wie ein schattenhafter Riese über das Gebiet wachte. Er stutzte. Ein Licht auf dem Baumwipfelpfad. Es bewegte sich. Aber wie sollte das möglich sein? Der Turm war nachts gesperrt.

Der Schein seiner Taschenlampe reichte nicht weit genug, um erkennen zu können, wer dort unterwegs war. Er ging zum Turm, sperrte ihn auf und eilte die Treppen hoch bis zum Pfad. Dort entdeckte er das Licht wieder. Es verharrte an einer Stelle. Das war keine der Lampen des Winterleuchtens, dafür war es zu schwach.

„Hallo?", rief Christian. Das Licht flackerte. Christian meinte, eine schemenhafte Gestalt zu erkennen. „He, Sie!" Er richtete seine Taschenlampe nach vorn. Im gleichen Moment erlosch das andere Licht.

„Hallo?"

Wer immer dort gestanden hatte, war weg. Christian suchte den Bereich ab, konnte aber niemanden entdecken. Als er zu der Stelle zurückkam, an der das Licht erloschen war, glitzerte auf dem Boden etwas im Schein seiner Lampe. Er hob es auf. Eine silberne Halskette. Mit einem münzgroßen Anhänger. Umschlossen von einem Kreis enthielt er drei kleine miteinander verwobene Spiralen. Christian kannte das Symbol. Es war ein keltisches Schutzzeichen und wurde Triskele genannt. Ob die geheimnisvolle Gestalt die Kette verloren hatte? Er sah auf und runzelte die Stirn. Sie lag direkt neben der mit Misteln übersäten Erle. Vor drei Tagen hatte er schon mal gemeint, jemanden oder etwas hier in der Nähe gehört zu haben. Nicht hier oben, sondern unten im Wald. Aber da hatte er auch niemanden entdeckt und vermutet, es wäre ein Wildschwein.

Christian steckte die Kette ein, um sie später bei der Rezeption zu deponieren.

Seine Beobachtung und den Fund meldete er am nächsten Morgen der Parkleitung. Ihm ging das plötzliche Verschwinden der Person nicht aus dem Kopf. Abends erzählte er Elena davon.

„Vielleicht war es doch nur eine defekte Lampe", suchte seine Kollegin nach einer Erklärung.

Christian schüttelte den Kopf. „Mit Sicherheit nicht."

Elena wollte die Kette gerne sehen, doch sie erlebten eine böse Überraschung: Das Schrankfach, in dem sie liegen sollte, war leer.

Niemand konnte sich erklären, wie die Kette verschwunden war. Frau Sauermann, die morgens in der Rezeption arbeitete und die Kette weggeschlossen hatte, war ganz außer sich und schwor Stein und Bein, sie hätte daran keine Schuld.

Charlotte meinte, er solle da nicht zu viel hineininterpretieren, doch drei Nächte später entdeckte er wieder ein Licht im Baumwipfelpfad. Er rannte sofort los. Dieses Mal würde er den Scherzbold erwischen!

Als er mit polternden Schritten über die Holzbohlen lief, sah er den Lichtschimmer zwischen den Baumkronen flackern. Na warte! Nur noch um die Kurve, und dann ... war das Licht mit einem Mal erloschen.

Christian ließ sich nicht beirren, lief weiter und leuchtete in Richtung der Erle. „Bleib stehen! Du ..." Er selbst war es, der stehen blieb, denn was seine Lampe aus dem Dunkel schälte, war eine schlanke, bleiche Gestalt. Eine Frau? Obwohl sie kaum sechs Meter entfernt stand, konnte er sie nur undeutlich erkennen. Ihr Gesicht war ein verwaschener Fleck und ihre Augen ... Ein Schaudern durchlief ihn. Aus seinen zitternden Händen glitt die Taschenlampe zu Boden. „Reiß dich zusammen!", dachte er. Doch dann bemerkte Christian, dass die gespenstische Gestalt immer noch hell schimmernd vor ihm stand, obwohl er sie nicht mehr anleuchtete. „Wie ...?" Noch bevor er das nächste Wort herausbringen konnte, verschwand die Erscheinung im Dunkeln. Christian bückte sich nach der Lampe und richtete sie nach vorn, doch dort war niemand mehr.

„Es war neblig, das wird es gewesen sein", versuchte seine Frau ihn zu Hause zu beruhigen. „Du warst angespannt und hast erwartet, jemanden zu sehen. Menschen neigen dazu, in allem Muster und Formen zu erkennen."

Ja, sie hatte wohl recht.

***

Ein paar Tage später kam Elena aufgeregt zu ihm. „Hier, schau dir das mal an." Sie gab ihm ihr Smartphone. Irritiert registrierte Christian die Vermisstenanzeige einer jungen Frau. Er sah Elena fragend an.

„Sophie Fischer. Seit fast zwei Wochen spurlos verschwunden. Zuletzt gesehen auf dem Heimweg von einer großen Familienfeier in Waldbröl. Sie ist nie zu Hause angekommen. Die Polizei geht dem Verdacht einer Beziehungstat nach."

Christian hob ratlos die Schultern. „Und warum zeigst du mir das?"

„Na, lies mal hier." Mit zwei Fingern machte sie eine ziehende Bewegung auf dem Display und vergrößerte damit einen Teil der Meldung: „Sie hatte schulterlanges blondes Haar, trug ein langes, helles Kleid und eine silberne Halskette mit einem keltischen Symbol."

Christian sah sich das Foto von Sophie genauer an. Konnte es sein ...? Das Gesicht der Gestalt hatte er nicht erkennen können, ja, er war sich nicht einmal sicher, ob er wirklich eine Frau gesehen hatte.

„Aber du hast die Kette gefunden. Das müssen wir der Polizei melden."

„Ohne Kette? Die denken doch, ich spinne oder will mich wichtigmachen."

„Du brauchst doch nicht von dem Licht zu erzählen, nur von der Kette. Die Sauermann hat sie doch auch gesehen."

Also meldete sich Christian bei der Polizei, die zwei Beamte vorbeischickte. Sie inspizierten den Fundort der Kette und befragten auch Frau Sauermann, die anschließend vor lauter Sorge, sie würde wegen Diebstahls angeklagt, so durcheinander war, dass die Parkleitung sie nach Hause schickte.

Die Beamten kündigten an, dass sie morgen mit Kollegen der Spurensicherung noch einmal vorbeischauen würden.

***

In dieser Nacht erschien das Licht wieder. Christian fluchte innerlich. Vor fünf Minuten war Elena noch dagewesen, dann hätte er eine Zeugin gehabt! Bevor er loslief, machte er ein Foto mit seinem Handy, das er Elena schickte. Na gut, viel war darauf nicht zu erkennen, aber immerhin etwas.

Dann lief er los. Außer Atem stürmte er aus dem Turm. Der Schimmer war noch zu sehen. Angestrengt spähte er zwischen den kahlen Baumkronen zum Licht. Da stand eine helle, schlanke Gestalt! Er sah sie ganz deutlich. Eine junge, blonde Frau. Es schien, als würde das Licht aus ihr heraus leuchten.

Als ihn nur noch wenige Schritte von ihr trennten, flackerte es. „Bitte, bleiben Sie!" Er streckte seine Hand nach ihr aus. Das Flackern machte es schwierig, ihre bleichen Gesichtszüge zu studieren. Er hielt ihr die Hand hin und flüsterte: „Bitte, Sophie."

Das Flackern wandelte sich zu einem schwachen, aber stetem Schimmer. Christian starrte das bleiche Gesicht an. Jung, eigentlich hübsch, doch dort, wo ihre Augen hätten sein sollen, starrten ihn zwei dunkle Löcher an. Und doch sah sie ihn, er war sich sicher.

Sie streckte ihre Hand nach seiner aus. Bei ihrer Berührung zuckte Christian zusammen. Eiskalt. Er zog seine Hand zurück. Ihre Lippen bewegten sich stumm. Bleiche Finger griffen nach ihm. Christian machte einen Schritt rückwärts. Sie folgte ihm. Ihre Kälte umschlang ihn, legte sich auf seine Haut und saugte die Wärme aus ihm. Christian machte den nächsten Schritt zurück und wurde vom Geländer gestoppt.

Das Wesen vor ihm hob die Hand, deutete mit dem Finger auf etwas hinter Christian. Nur unter großer Anstrengung gelang es ihm, den Kopf zu drehen. Vor sich sah er eine Mistel.

Etwas legte sich auf seine Schulter. Er schrie auf, wollte sie von sich stoßen, doch seine Finger fassten nur in eisige Kälte. Sie neigte ihren Kopf zu seinem.

„Nein", schoss es Christian durch den Kopf. Er hievte sich auf das Geländer. Nur weg! Doch als er den ersten Schritt machte, schloss sich etwas um sein Fußgelenk, wie ein Eisring. Er verlor das Gleichgewicht, ruderte mit den Armen und suchte Halt an der Erle. Seine Finger packten die Mistel, an die er sich im Fallen klammerte.

***

„Ich habe gesehen, wie er fiel." Elena schluckte. Kommissarin Lea Wintersberg legte ihre Hand auf Elenas Schulter. „Wieso sind Sie überhaupt zurückgefahren?"

„Wegen seines Fotos." Elena berichtete der jungen Kommissarin von allem und zeigte ihr das Foto.

„Hm, ich erkenne darauf nur einen verwaschenen Fleck. Man sagte mir, Sie hätten jemanden gesehen?"

„Eine helle Gestalt. Eine Frau, glaube ich. Es sah so aus, als ob … sie ihn küssen wollte."

„Was hat die Frau gemacht, als Herr Rode abstürzte?"

„Ich … weiß nicht …" Die nächsten Worte murmelte Elena vor sich hin: „Das Küssen bringt nur Glück unter den Misteln. Nicht daneben."

„Ich würde sagen, Herr Rode hatte unglaubliches Glück, dass er in dem Ast hängenblieb und sich wohl nur die Rippen gebrochen hat. Er hätte sich auch das Genick brechen können." Kommissarin Wintersberg holte ein durchsichtiges Plastiktütchen aus ihrer Manteltasche. Sein Inhalt glitzerte silbern. „Frau Ebers, könnte das die Kette sein, die Herr Rode gefunden hatte?"

Es war Elena, als träfe sie ein Stromstoß. „Wo haben Sie sie gefunden?"

„Unweit der Erle. Es könnte tatsächlich Sophie Fischers Kette sein. Meine Kolleginnen und Kollegen durchsuchen das Gelände. Es ist nicht auszuschließen, dass …"

„Frau Wintersberg?" Ein Kripobeamter betrat die Rezeptionshalle und kam auf die Kommissarin zu. „Die SpuSi hat was gefunden." Mit gesenkter Stimme ergänzte er etwas, das Elena nicht verstand. Die Miene der Kommissarin versteinerte sich und sie blickte zu Elena: „Warten Sie bitte hier."

Elena sah den beiden hinterher, wie sie die Rezeptionshalle verließen. Mechanisch erhob sie sich und folgte ihnen. Neben der Erle hatten sich einige Kripobeamten versammelt. Leute in weißen Schutzoveralls knieten etwa drei Meter entfernt am Boden. Sie gruben irgendetwas aus. „Dort lag die Kette", hörte sie jemanden sagen. „Die Hunde haben sofort angeschlagen, also haben wir gegraben."

Elena spähte zwischen den Beinen der Beamten hindurch und sah etwas, das aussah wie ... Haar. Blondes Haar. Und darunter ... eine gräuliche, fleckige Stirn und leere Augenhöhlen ...

Anne Schmitz

WEIHNACHTLICHE RACHE

„Meine sehr verhassten Verwandten und Erbschleicher ...", begann Graf Konstantin von Burge-Berge. Er hatte seine Worte von langer Hand geplant, so wie er alles für den heutigen Tag bis ins kleinste Detail durchdacht hatte. Natürlich hatte er seinen Butler Jakob in den Plan eingeweiht.

Während sich die sechs Gäste über die ungehobelten Worte des Grafen echauffierten, ging Jakob um die lange Tafel herum und räumte das Geschirr ab. Dabei inspizierte er die Reste der Bergischen Kaffeetafel. Die Dröppelminna tropfte auf ihrem Stövchen vor sich hin. Die letzten Wurst- und Käsescheiben rollten ihre Ränder. Stückchen von Rosinenstuten, Schwarzbrot sowie eine Waffel vertrockneten. Die Butter und der Milchreis setzten Schweißtropfen an. Außer dem Honig und der Marmelade war ansonsten nichts mehr von dem üppigen Mahl übrig geblieben. Die Gäste hatten tüchtig zugelangt.

Was auch nicht anders zu erwarten gewesen war, denn um den Tisch saßen all jene Angehörige der Dynastie von Burge-Berge, die als habgierig, egozentrisch, missgünstig, neidisch und unersättlich galten.

Dieses Jahr war der Graf vom Protokoll abgewichen. Normalerweise kam am ersten Weihnachtstag in seiner Stadtvilla am Rande von Reichshof die gesamte Familie zusammen, um in geselliger Runde die Köstlichkeiten einer Bergischen Kaffeetafel zu genießen und um sich gegenseitig zu beschenken.

Dieses Jahr jedoch sollte es ein besonderes Weihnachtsfest werden. Am gestrigen ersten Weihnachtstag hatte der Graf nur jene eingeladen, die ihm lieb und teuer waren. Es wurde ein ausgelassenes und fröhliches Weihnachtsfest, ein solches hatte das alte Gemäuer noch nicht gesehen. Es war eine wahre Herzensfreude.

Heute jedoch, am zweiten Weihnachtstag, hatte Graf Konstantin „das Pack", wie er es nannte, zu sich bestellt. Sie saßen mit erzürnten Mienen und überaus empört auf ihren Plätzen und warteten darauf, dass der Hausherr weitersprach.

Doch der ließ sich Zeit. Er genoss jeden Moment, das sah Jakob mit einem Blick. Nach all den Jahren kannte er jede Geste, jedes noch so kleine Augenlidzucken seines Arbeitgebers. Er las in ihm wie in einem Buch.

Jakob hatte sich vor fünfunddreißig Jahren, als er in den Dienst des Grafen Konstantin getreten war, ganz dem Hause Burge-Berge verschrieben, bis heute …

Der Buttler schob den Servierwagen aus dem Raum und stellte ihn im Flur ab. Normalerweise würde die Küchenhilfe ihn in Empfang nehmen, doch der Graf hatte den anderen Bediensteten heute frei gegeben. Jakob holte einen zweiten Wagen, beladen mit Geschenken, alle mit Namen versehen, aus der Bibliothek und schob ihn ins Esszimmer.

„Dieses Jahr habe ich etwas ganz Besonderes geplant. Ich werde euch überaus reich beschenken. Ihr werdet all das bekommen, was ihr verdient." Auf die Worte des Grafen folgte ein erstauntes Raunen.

„Jedoch ..."

„War ja klar, dass es eine Bedingung gibt, der alte Geizkragen", flüsterte Gertrude, die Schwester Konstantins, ihrem Neffen Emil zu.

„Jeder", setzte der Graf an, „muss mir zuerst einen Gefallen erweisen. Und zwar äußerst genau und gewissenhaft. Wer scheitert, scheidet aus."

Verwirrte Blicke wanderten über den Tisch.

„Jakob, bitte." Graf Konstantin nickte ihm zu. Jakob nahm die Geschenke und stellte jeweils eines vor jeden Gast auf den Tisch. Sie waren weihnachtlich und aufwendig verpackt, jedoch von unterschiedlicher Größe und Form.

„Seid euch im Klaren ... wer sein Päckchen öffnet, der muss die Aufgabe ausführen. Alles, was ihr dazu benötigt, findet ihr in den Geschenken. Wer nicht in der Lage ist, seine Verpflichtung zu erfüllen, wird enterbt."

„Ein Pflichtanteil steht uns so oder so zu. Aus der Nummer kommt er nicht raus", gab Heinrich, Graf Konstantins Schwager, Annabell, seiner Tochter, so leise wie möglich zu verstehen.

Jakob positionierte sich neben der Zimmertür. Ihn betrafen die Entscheidungen nicht. Seine Aufgabe war es, zu dienen. Egal, was gefordert wurde ...

„Also, bitte", der Graf schien jetzt ungeduldig zu werden, „es liegt in euren Händen."

Zuerst rührte sich niemand. Doch dann meinte Gertrude: „Ach, was soll schon geschehen?" Mit beiden Händen riss sie das Geschenkpapier auf.

„Stopp!", rief der Graf. Gertrude verharrte in der Bewegung. „Die Aufgaben sind geheim. Niemand darf erfahren, was sie beinhalten. Zieht euch in verschiedene Räume zurück. Dort öffnet ihr die Geschenke und führt anschließend die Aufgaben aus. Ihr dürft aber nur die Gegenstände, die ihr zur Ausführung der Aufgaben benötigt, mitnehmen. Alles andere lasst ihr an Ort und Stelle liegen. Jakob wird es später wegräumen. Wenn ihr alles erledigt habt, setzt ihr euch wieder hier auf euren Platz und wartet."

„So ein seniler alter Spinner", raunte Burghard Gottlieb im Hinausgehen so laut zu, dass alle es hören konnten.

Nach wenigen Augenblicken befanden sich nur noch Graf Konstantin und Jakob im Raum. Bisher war der Plan aufgegangen. Keiner der Gäste hatte abgelehnt. Alle würden ihre zugedachten Aufgaben erfüllen.

Als der Graf Jakob ansah, glühte in seinen Augen ein Feuer und eine Kraft, die Jakob schon lange nicht mehr bei ihm gesehen hatte. „Jakob", sagte er, „wir haben eine Aufgabe zu erfüllen." Jakob nickte. Er folgte seinem Herrn.

***

„Was für eine alberne Scheiße", schimpfte Burghard, nahm eine Gabel von der Aufschnittplatte und kratzte den Schlamm von seinen Schuhsohlen. Erde bröselte auf das glänzend gewienerte Parkett. „Ich musste durch die Rosensträucher neben dem Haus laufen. Sieh mal, wie meine Schuhe jetzt aussehen."

„Burghard, wir sollen doch nicht über unsere Aufgaben sprechen", sagte Annabell und sah sich ängstlich um, als könne Graf Konstantin aus dem Nichts erscheinen.

„So ein Quatsch", brauste Burghard auf. „Das ist Schikane, die reine Schikane von dem alten Trottel." Er legte die Gabel auf den Tisch. „Was musstest du machen?", fragte er.

Annabell zögerte, dann sagte sie: „Ich hab einen Schlüssel aus dem Schreibtisch von Onkel Konstantin geholt und ihn anschließend Gertrude übergeben."

„Und ich", Gertrude betrat das Zimmer, „habe damit den Safe aufgeschlossen. Ihr wisst schon, den im Arbeitszimmer hinter dem Miró. Ich ..." Ein Geräusch ließ sie verstummen. Es war kaum zu hören, doch es war so ungewöhnlich für dieses Haus, dass sie alle für einen Moment lauschten. Irgendwo im Erdgeschoss oder im Keller zerbrach Glas.

„Total irre, total geisteskrank, der Alte. Und wir machen bei seinen verschrobenen Spielchen auch noch mit." Burghard stand auf. „Ich gehe!"

„Aber wir sollen doch hier warten", sagte Annabell weinerlich.

„Ich werde auch gehen." Emil hatte den Saal betreten. Er klopfte sich die Kleidung ab. Leise klirrend fielen Glassplitter auf den Boden.

„Emil, was hast du getan?", rief Annabell erschrocken und deutete auf seine Faust. Blut lief ihm über die Finger. „Ich sollte die Scheibe der Kellertür einschlagen."

„Mit bloßer Faust?" Burghard lachte. „Du bist schon ein bisschen dämlich."

„Halt's Maul", Emil stürmte auf Burghard zu. Bevor er seinen Onkel erreichte, spürte er eine Veränderung im Raum, so wie man den Blick eines Fremden im Nacken spürt. Während Emil sich umwandte, bemerkte er, dass die anderen fassungslos zur Tür starrten. Es war unnatürlich still, so still, als hielten alle den Atem an. Emil sah zur Tür. Dort stand Gottlieb. In der Hand hielt er eine Pistole.

Gertrude fand als Erste die Sprache wieder. „Gottlieb, was hast du getan?"

„Nichts. Ich sollte in die Luft schießen, von der Wäschekammer aus, mehr nicht."

Misstrauisch beäugte Gertrude die Waffe. „Ich habe aber keinen Schuss gehört."

Gottlieb hob die Waffe hoch. „Schalldämpfer", sagte er nur.

„Seht mal, hier! Er hat uns alle verarscht!" Völlig außer sich, mit hochrotem Kopf, hastete Heinrich ins Zimmer. „Ich sollte den Safe leerräumen. Er deutete auf seine Jackentasche, aus der bündelweise Geldscheine herauslugten. Dabei habe ich ein paar Akten und Papiere gefunden, unter anderem das hier." Er hielt Burghard ein Blatt Papier hin.

Dieser überflog den Text. „Ich wusste es, dieser Halsabschneider. Er hat uns enterbt, uns alle."

„Das kann doch nicht sein." Gertrude riss Burghard den Zettel aus der Hand und überflog ihn. „Tatsächlich", hauchte sie. „Was hat sich dieser senile Greis nur dabei gedacht?"

„Ich weiß es nicht", bellte Burghard, „aber ich bleibe keine Sekunde länger. Und außerdem werde ich rechtliche Schritte gegen ihn einleiten. Und wenn ihr vernünftig seid, dann macht ihr dasselbe." Mit diesen Worten rauschte er aus dem Saal. Die anderen pflichteten ihm bei und verließen mal mehr oder weniger laut schimpfend die Villa.

***

Jakob sah von einem Fenster im ersten Stock die Wagen der Gäste abfahren. Als die Motorengeräusche verklungen waren, inspizierte er jedes Zimmer, sammelte alle, selbst die kleinsten Fetzen der Geschenkverpackungen und der Anweisungen ein und verbrannte sie im Kaminfeuer. Anschließend schritt er die Treppe in den zweiten Stock hinauf. Dort betrat er die Gemächer des Grafen.

Dieser blickte durch eines der bodentiefen Fenster auf die bergische Landschaft hinaus. „Ich bin immer gerne hier gewesen", sagte er wehmütig.

„Ihr könnt noch lange bleiben", sagte Jakob.

Graf Konstantin drehte sich um und lachte: „Die Ärzte geben mir noch zwei Monate. Nein, mein lieber Jakob, ich werde es nicht mehr lange genießen können, so oder so nicht." Er wandte sich wieder dem Fenster zu, legte die Hände auf dem Rücken zusammen. „Ist alles so gelaufen, wie ich es geplant hatte?"

„Ja", antwortete Jakob, „Die Aufgaben wurden alle ausgeführt. Heinrich hat das Geld mitgenommen. Emil hat sich beim Einschlagen des Fensters die Hand verletzt. Aber das ist ja nur von Vorteil. Und die hier", er holte die Pistole und die Patronenhülse aus der Jackentasche, „habe ich an mich genommen."

„Und du hast die ganze Zeit Handschuhe getragen?"

„Selbstverständlich."

Der Graf nickte. „Dann", sagte er leise, „ist es Zeit."

„Aber", setzte Jakob an, „wenn die Polizei die richtigen Schlüsse zieht, sind die sechs ausreichend bestraft, findet Ihr nicht?"

Graf Konstantin sah Jakob tief in die Augen. „Nein, sind sie nicht. Ich will, dass sie am Boden sind. Sie sollen den Rest der Familie für immer in Ruhe lassen." Zorn blitzte in seinen Augen auf. Er holte tief Luft und sagte mit fester, entschlossener Stimme: „Du weißt, was zu tun ist?"

Jakob nickte. Der Graf hatte ihm klare Anweisungen gegeben.

„Dann gut, gehen wir."

Sie verließen das Zimmer und gingen in den ersten Stock. Auf der Treppe zum Erdgeschoss blieb Graf Konstantin auf einer Stufe stehen. Jakob ging weiter. Er erreichte den Fuß der Treppe. Dort ließ er die Patronenhülse fallen. Dann sah er zu seinem Arbeitgeber hinauf, dem er so viele Jahre gedient hatte. Aber Pflicht war Plicht und Auftrag war Auftrag.

Er hob die Pistole an, zielte auf das Herz des Grafen und schoss.

Andreas Wöhl

BEIM WEIHNACHTSBAUM-SCHLAGEN

Mir ist so kalt. Ich spüre meine Füße nicht mehr. Jule, hörst du mich? Kann das Handy kaum noch halten. Habe keine Kraft aufzustehen. Der Boden ist frostig. Die Sonne ist hinter den Fichten verschwunden. Die Schatten kriechen über mich. Ich rieche Schnee, Jule ... bin so müde ... will nur liegen bleiben ...

Wo die Wälder noch rauschen, die Nachtigall singt,
die Berge hoch ragen, der Amboss erklingt ...

Sie rauschen. Hörst du es? Die verdammten Fichten flüstern miteinander. Sie tuscheln. Über mich. Ääh, wie sie auf mich herabblicken, so von oben herab.

Ich höre euch! Hört auf zu flüstern!

Hörst du sie, Jule? Die wispern weiter. Unablässig. Wie der Wind. Dieser eisige Wind. Wie seine Frostfinger unter meine Klamotten kriechen. Sie befingern mich überall. Die wollen mich einfrieren. Ich ... ich brauch Hilfe. Jule? Hallo? Noah? Hört mich jemand?

Ja, ihr. Ihr hört mich. Verfluchte Fichten! Wenn der Krieg nicht gewesen wäre, gäbe es hier nicht so viele von euch. Ja, da staunt ihr, was? Die Engländer haben zur Wiedergutmachung Holz gefordert, es musste alles kahl geschlagen werden, und dann wurde das ganze Bergische Land mit euch Fichten bepflanzt, weil ihr so schnell wachst. Das haben wir jetzt davon.

Ihr flüstert noch, aber eure Schwestern und Brüder da drüben am Hügel haben ausgeflüstert. Letztes Jahr. Borkenkäfer. Wassermangel. Seht sie euch an: Was da noch steht, sind wandelnde Tote. Abgestorbenes, dürres Geäst. Und daneben die Hügel übersät mit den Leichen eurer Schwestern und Brüder. So stumm und starr hat man sie liegen lassen auf den kahlen Hängen. Zwischen den nutzlosen Stümpfen. Sieht wieder aus wie nach dem Krieg. Nicht nur hier in Heide, überall im Bergischen. Ich sag euch was, eure Zeit ist vorbei. Hört ihr mich, ihr miesen Fichten?! Jetzt kommen die Eichen, die Buchen, Kiefern, Ahorn und all die anderen wieder. Im Heimatlied steht nichts von Fichten, nein, das geht so:

Wo im Schatten der Eiche die Wiege mir stand:
Da ist meine Heimat, mein Bergisches Land!

Ihr müsst weichen. So oder so. Ihr wart doch eh nie was anderes als Schlachtvieh, das war euer einziger Lebenszweck. Also regt euch nicht so auf, nur weil ich eine von euch holen wollte. Was? Zu jung? Leute, es ist Weihnachten, da werden die meisten von euch nicht viel älter als der Kleine da. Der hätte es gut bei mir und meiner Familie gehabt. Wir hätten ihn schön geschmückt, mit Kugeln, Figuren, Lichterkette und auf der Spitze ein strahlender Stern. Oh, wie hätte der gefunkelt. So hell wie ... wie der Mond, der da gerade über euch hinweg kriecht. Was glotzt du so, Mond? Haste noch nie 'nen Mann im Wald liegen sehen?

Dein Licht ist kalt. Hör auf.

Jule! Jule, hörst du mich? Ich will nach Hause. Zu dir und Noah. Scheiß auf den Baum. Ich bin ... so müde. Aber wenn ich einschlafe, holen sie mich. Sie sind schon näher gerückt, stehen im Kreis um mich herum. Mein Gott, ich wollte doch nur einen Weihnachtsbaum besorgen. Eine kleine Fichte. Warum denn nicht aus dem Wald? Der Bernd hat's mir erlaubt.

Ich weiß Jule, du wolltest es nicht. Hast dir von den Umwelt-aktivisten ein schlechtes Gewissen machen lassen. Das kommt alles auf uns zurück. Die Natur wehrt sich, wirst schon sehen. Irgendwann ist das Maß voll. Hab ich nicht glauben wollen. Hab ich nicht ... Und jetzt ...

Ach, wie sie höhnisch mit ihren Ästen und Zweigen wedeln, wie mit Armen und Fingern. Wenn ich nur an meine Säge käme ... wo ist meine Akku-Säge? Ich hatte sie doch bei mir, wollte doch die kleine Fichte ... und dann .... Da, da liegt sie! Das Sägeblatt schimmert ganz feucht. Schneit es schon? Ich muss mich bewegen, darf nicht liegen bleiben. Na los, stemm dich hoch, bist doch kein alter Mann.

Na bitte. Und jetzt auf die Füße. Auf die Füße!

Ich ... irgendwas stimmt nicht.

Wieso stehen meine Schuhe da vorn? Bei der kleinen Fichte. Deswegen sind meine Füße so kalt, dass ich sie nicht spüre. Aber ich hab mir doch meine Schuhe nicht ... ihr, ihr wart das! Ihr habt mir die Säge entrissen ... Aber da steckt doch was in meinen Schuhen drin? Das ... nein, nein!

Ihr! Ihr habt mich gefällt!

Ihr verdammten Schweine! Ich hab euch doch nichts getan. Ich wollte doch nur einen Weihnachtsbaum. Er hätte es gut bei uns gehabt. Ich ..., Jule, hilf mir, ... mir ist so kalt, ich bin müde ... Es tut mir leid. Sag Noah ...

Mir ist ... so .... sterbenskalt ...

Anne Schmitz

HEIMKEHR

„Hi, Mama."

„Nele, meine Liebe, schön, dass du anrufst. Papa und ich warten schon so auf dich. Was war los?"

„Der Rhein-Ruhr-Express hatte mal wieder Verspätung. Der Schneefall hat wohl Bäume auf irgendwelche Gleise stürzen lassen. Dann gerät natürlich der ganze Fahrplan aus dem Ruder."

„Wir haben uns Sorgen gemacht."

„Das braucht ihr doch nicht. Ich bin zweiundzwanzig Jahre. Ich schaffe das schon."

„Ach, das weiß ich doch, meine Liebe, aber ich kann halt nicht anders. Das ist bei Müttern eben so. Jetzt sag: Wo bist du und wann bist du hier?"

„Ich bin gerade in Leverkusen Mitte ausgestiegen. Ich muss noch zum Auto und dann fahre ich zu euch. Also noch eine halbe Stunde ungefähr. Aber es schneit wie verrückt. Wenn die Straßen glatt sind, brauche ich natürlich länger."

„Liebes, du hast doch nicht etwa unter der Stelzenbrücke geparkt?"

„Och Mama, doch natürlich, wie immer."

„Es ist aber dunkel. Und du musst am Park vorbei ..."

„Das mache ich, seit ich mit dem Studium angefangen habe. Ich bin hier im Bergischen Land und nicht in New York. Hier ist der Hund begraben."

„Wenn du da mal recht hast ..."

„Klar hab ich das. Ich gehe jetzt los. Blöd, dass ich nur die Turnschuhe angezogen hab. Was gibt es denn zu essen? Ich hab einen Bärenhunger."

„Rivkooche, die magst du doch so gerne."

„Oh, prima ... aber ..."

„Ja, ja, ich weiß. Papa und ich, wir essen die mit Apfelkompott auf Schwarzbrot oder mit Milchreis und Zimt. Für dich hab ich extra Lachs gekauft, diesen neumodischen Kram."

„Mama, du bist die Beste."

„Ach was, das mach ich doch gerne. Sag, wie lange bleibst du denn? Nur über die Weihnachtsfeiertage oder auch über Silvester? Du weißt, wir haben dich immer gerne hier. Wir können zusammen ..."

„Huch!"

„Was ist passiert?"

„Nix, alles gut. Ich hab mich nur erschreckt. Im Park hat ein Ast geknackt."

„Ein Ast? Der knackt aber nicht ohne Grund."

„Vielleicht ist er unter der Schneelast gebrochen."

„Vielleicht ... Wie weit ist es noch bis zum Parkplatz?"

...

„Nele? Ich höre dich nicht. Hast du schlechten Empfang?"

„Nee, ich hab nur nichts gesagt. Ich hab so ein komisches Gefühl ..."

„Warum? Was meinst du?"

„Ich weiß nicht genau ... Irgendwie ... Ach, es wird wohl nichts sein."

„Beeil dich doch ein bisschen."

„Warum? Außer mir ist hier niemand, weder auf dem Weg noch im Wald."

„Liebes, ich bin im Bergischen geboren und aufgewachsen. Ich wohne jetzt also zweiundfünfzig Jahre hier. Ich weiß, dass man in der Nacht nur wenige Meter in einen Wald hineinsehen kann. Wer weiß, was sich dort alles verbirgt."

„Mama, du machst mir Angst."

„Tschuldigung, du hast ja recht. Ich bin bestimmt zu überängstlich, Mütter eben ... Aber kannst du nicht ein bisschen schneller gehen?"

„Wie soll ich das denn machen? Der Weg ist zugeschneit. Meine Schuhe sind rutschig. Der Koffer lässt sich nur schlecht ziehen. Der ist sowieso schon so schwer. Deine Waschmaschine wird dieses Wochenende nicht stillstehen."

„Lass die Wäsche mal meine Sorge sein. Hast du den Parkplatz erreicht?"

„Nee, ich ..."

„Nele? Was ist?"

„Ich weiß auch nicht. Ich hab so ein Gefühl ..."

„Was für eins, nun sag schon!"

„Ich weiß nicht genau ... aber ich hab voll die Gänsehaut."

„Du solltest so schnell wie möglich zum Parkplatz."

„Ja, du hast recht. Ich gehe, so schnell ich kann."

„Siehst du irgendetwas? Oder jemanden? Es macht mich fast wahnsinnig, dass ich nicht bei dir bin."

„Das würde auch nichts nützen. Nein, ich sehe niemanden."

„Ich ..."

„Sei mal leise! ..."

...

„Ich dachte, ich hätte etwas gehört, Schritte im Schnee, oder so. Aber ich muss mich getäuscht haben. Ich höre nichts mehr und sehen tu ich auch keinen."

„Also weiter, Liebes, beeil dich!"

„Ja, gut. Die kalte Luft brennt richtig in meinem Hals. O shit …"

„Was ist? Was ist los?"

„Da kommt wer aus dem Park. Ein Stück hinter mir. Er klettert die Böschung zum Gehweg rauf."

„Mach, dass du da wegkommst!"

„Mama, vielleicht hat er nur eine Abkürzung genommen. Ich kann doch nicht wegen jedem Mann weglaufen, der mir in der Stadt begegnet."

„Doch, kannst du. Ich traue ihm nicht. Geh! Schnell!"

„Er hat den Gehweg erreicht. Er schaut mich an. Sieht mir direkt in die Augen. Jetzt grinst er mich hinterhältig an …"

„Lauf, Liebes, Lauf!!! Du musst da weg!"

„Okay … ja … mach ich. Aber der Koffer … er ist so schwer!"

„Vergiss den scheiß Koffer. Lass ihn liegen. Lauf!!!"

„Ja … okay … okay … mach ich!

… Shit, shit …

Er rennt hinter mir her!"

„Sieh dich nicht um, sonst wirst du langsamer. Lauf!"

„Verdammt! … Mama, er holt auf … Er ist so schnell. Ich, ich rutsche ständig aus."

„Weiter, weiter! … O Gott, steh uns bei!"

„Ich seh' den Parkplatz!"

„Das ist gut!"

„Mamaaaa, er kommt immer näher … Er hat mich gleich …"

„Nele, Nele!"

„Er ist direkt hinter mir … Mamaaaa!"

„O mein Gott? Nele!"

„Ahhhhh …!"

„Nele, Nele … meine Liebe, was ist mit dir?

…

Nele, ich kann dich nicht hören.

…

Nele! Nele?"

***

Leverkusener Anzeiger

Junge Frau am Stadtpark verschwunden

Am vergangenen Freitag ist in Leverkusen eine junge Frau verschwunden. Sie war auf dem Weg von der Haltestelle Leverkusen Mitte zu ihrem an der Stelzenbrücke abgestellten Wagen. Während sie noch mit ihrer Mutter telefonierte, wurde sie von einem unbekannten Täter überfallen. Als das Telefonat abbrach, informierte ihre Mutter umgehend die Polizei. Die 15 Minuten später eintreffenden Einsatzkräfte fanden den Koffer und das Fahrzeug der Vermissten. Blutspuren weisen auf eine Gewalttat hin.

Von Opfer und Täter fehlt jede Spur …

Andreas Wöhl

KRIPPCHE LUURE

Beim Anblick des Schäfers stockte Werner der Atem. Er beugte sich näher über die Krippe. Diese kunstvolle Gestaltung, dieser Ausdruck! Der etwa zwölf Zentimeter große Schäfer blickte, sein Lamm vor der Brust tragend, in ehrfurchtsvoller Andacht zur leeren Weihnachtskrippe. Das Jesuskind lag noch nicht darin, das kam ja erst morgen, an Heiligabend, dazu. Doch der Abglanz des Göttlichen strahlte bereits aus seinem Gesicht, und selbst das Lamm wirkte erleuchtet. Eigentlich eine Nebenfigur am linken Rand der Krippe. Doch für Werner war sie die außergewöhnlichste Gestalt im ganzen Ensemble. Maria und Josef, die am Rand stehenden Heiligen Drei Könige, der Engel der Verkündung, die anderen Hirten, sie alle waren auch schön gearbeitet und trugen Kleidung aus Stoff. Doch keine der Figuren wirkte so lebendig wie der Schäfer und sein Lamm. Lag es an seinen blauen Augen, dem rosigen Teint auf seinen Wangen, der Pose, die ihn mitten in der Bewegung wie erstarrt zeigte? Oder an seinem aus Wolle gefertigten Wams und der grau-beigen Leinenhose? Das Fell des Lamms lud förmlich zum Darüberstreicheln ein.

Wo hatte sein Nachbar bloß diese Figur her? Werner sah auf und blickte sich um. Er befand sich allein im düsteren Flur, vor dem schmalen, bodentiefen Fenster neben der Hauseingangstür. Die Krippe war direkt vor dem Fenster aufgebaut und wurde festlich beleuchtet von dem roten Herrnhuter Weihnachtsstern, der draußen unter dem Vordach hing. Durch die angelehnte Haustür drangen Stimmengewirr und Gelächter herein. Die Schaefers hatten zum Adventsgrillen geladen; fast die ganze Straße tummelte sich in und vor der Doppelgarage seines Nachbarn. Werner hatte der Einladung seines nervigen Nachbarn erst nicht folgen wollen, aber die Verlockung auf eine Gelegenheit wie diese war zu groß gewesen. Die Krippe und besonders die Schäferfigur hatten schon vor drei Wochen seine Aufmerksamkeit erregt. Und nun endlich konnte er sie aus unmittelbarer Nähe betrachten. Die Behauptung, er müsse zur Toilette, hatte ihn an sein Ziel gebracht.

Seine Nachbarn hatten sich – wie auch er selbst – an der „Krippche luure"-Aktion beteiligt. Das „Krippche luure" war eine beliebte Tradition im Bergischen, seit Jahrzehnten wurden in Lindlar Busreisen in die Kirchen der umliegenden Gemeinden organisiert, um besonders schöne oder originelle Krippen zu bestaunen. Seit dem letzten Coronawinter aber präsentierten viele Bewohner des Kirchdorfs Kapellensüng eigene Krippen vor der Haustür. Meist waren es einfache, grob gearbeitete Figuren, nur bestehend aus Maria, Josef und dem Jesuskind, die unter den Vordächern oder vor den Garagen einiger Häuser aufgebaut worden waren. Dabei hatte eine halb abstrakt aus Holzstämmen gefertigte Heilige Familie, die schon einmal im vergangenen Jahr im Gartenweg aufgestellt worden war, Werner dazu inspiriert, diesmal das komplette Ensemble samt Kamelen und Esel aus Holzstämmen zu hauen und zu schnitzen. Werner war seit frühester Kindheit von Krippen fasziniert und hatte den Ehrgeiz, die außergewöhnlichsten oder schönsten Figuren besitzen zu müssen. Sie waren inzwischen eine Art Kindersatz für ihn. Nicht, dass er Kinder nicht mochte, im Gegenteil. Gerne hätte er eigene Kinder gehabt, aber die waren Anita und ihm leider nicht vergönnt gewesen.

Als er die Krippe der Schaefers gesehen hatte, war ein Stich durch seinen Magen gefahren. Hier stand, geschützt hinter dem bodentiefen Fenster, eine der schönsten traditionellen Krippen, die Werner je gesehen hatte … mit dieser einzigartigen Schäferfigur. Und das bei jemandem wie Justus Schaefer, diesem Porsche-fahrenden Aufschneider, der zu allen möglichen – und besonders unmöglichen – Zeiten seinen Rasen mähte, werkelte oder lautstark feierte. Selbst der Sonntag war ihm nicht heilig. Das Toben seiner beiden Jungs malträtierte die Nerven der gesamten Nachbarschaft, und ihr Fußball landete regelmäßig in Werners Blumenbeeten.

Ausgerechnet diese Plage der Nachbarschaft hatte eine Krippenfigur von solch ausgesuchter Schönheit?! In Werner wallte es heiß auf. Seine altersfleckigen Hände ballten sich zu Fäusten. Das hatten die doch überhaupt nicht verdient!

Es ging ganz schnell. Seine Manteltasche bot genug Platz, und sicher würde es diesen oberflächlichen Leuten gar nicht so bald auffallen, dass eine Nebenfigur fehlte.

In seinem Wohnzimmer saß er später bis in die Nacht auf der Couch und betrachtete eingehend die Schäferfigur, die ihn ihrerseits mit ihren blauen Augen zu mustern schien. Immer wieder durchlief ihn ein unwillkürlicher Schauder. Welch ein Prachtstück! Und welch ein Triumph!

Seine Freude wurde einzig getrübt durch den Gedanken, dass er die Figur Anita nicht zeigen konnte. Aber wer weiß, vielleicht konnte sie den Schäfer ja doch sehen, von da oben, wo sie jetzt war?

Er erhob sich ächzend von der Couch, um die Figur in die Krippe zu stellen. Keine Frage, in welche seiner Krippen er sie stellen würde. Im Wohnzimmer hatte er fünf von ihnen aufgebaut, eine direkt unter dem Weihnachtsbaum und die anderen auf jede Ecke des Zimmers verteilt. Natürlich gehörte der Schäfer in die unter dem Weihnachtsbaum, wo er auch von der Größe her optimal hineinpasste. Werner nahm den ursprünglichen

Schäfer weg und platzierte sein neues Lieblingsstück an dessen Stelle.

„Bis morgen früh, meine Lieben", verabschiedete er sich und stieg die ausgetretene Holztreppe des Einfamilienhauses in sein Schlafzimmer empor, in dem niemand mehr auf ihn wartete.

Er schlief unruhig in dieser Nacht, träumte von blökenden Lämmern und Schafen, die die Gesichter der Familie Schaefer hatten, und schreckte mitten in der Nacht auf. Seltsame Geräusche drangen aus dem Erdgeschoss. Als hämmere jemand gegen Glas.

„Mein Gott, Einbrecher!", war sein erster Gedanke. Werner raffte all seinen Mut zusammen und schlich auf Zehenspitzen in den Flur. Die Geräusche waren verstummt. Dennoch blieb er am Anfang der Treppe stehen, lauschte und versuchte angestrengt, das Dunkel mit Blicken zu durchdringen. Als er sicher war, dass sich niemand außer ihm im Haus befand, knipste er das Licht an und ging die Treppe hinab.

Aufmerksam betrachtete er jeden Winkel des Wohnzimmers. Hm, es war noch alles an seinem Platz. Aber was hatte den Lärm verursacht? Er ging zur Terrassentür und runzelte die Stirn. Davor stand die Figur des Schäfers.

Er bückte sich, hob sie auf und murmelte kopfschüttelnd: „Wie kommst du denn hierhin?"

Dann stellte er den Schäfer an seinen Platz zurück, und nachdem er sich versichert hatte, dass auch in den anderen Räumen alles in Ordnung war, legte er sich wieder schlafen.

**

„Hätte nicht gedacht, dass so etwas bei uns passiert!", hörte Werner am nächsten Abend in der Messe eine ihm bekannte Stimme aus der Sitzreihe hinter ihm. Die Gemeinde von

St. Agatha bereitete sich hüstelnd und papierraschelnd darauf vor, „Kommet ihr Hirten" zu intonieren, während Justus Schaefer seinem Sitznachbarn empört vom Diebstahl seiner Krippenfigur berichtete, die ein Erbstück seiner Eltern war. „Dat hätt et in Süng noch nümmer jejeeven", bestätigte die betagte Stimme von Krämers Willi, mit dem Werner einst die Schulbank gedrückt hatte. „De Lück han keen Anstand un Respekt mih, schlimm is dat."

Werner schluckte. War er jetzt so jemand wie Justus Schaefer? Jemand, der keinen Respekt vor den Gefühlen oder dem Eigentum anderer hatte? Beim Anblick des geschmückten Tannenbaums neben dem Altar und der Kirchenkrippe dachte er daran, dass er als guter Christ den Schaefers doch zumindest eine Entschädigung in Form einer Ersatzfigur hätte hinstellen können. Er hatte ja nun wahrlich reichlich Auswahl. Kurz wandelte ihn der Geist der Weihnacht an, doch er bekam einen Hustenreiz bei der Strophe „Bethlehems Hirtenvolk", und schüttelte den Kopf. Nein, dann würde man ihm womöglich noch auf die Schliche kommen, und außerdem: Die Schaefers hatten Strafe verdient!

***

Im heimischen Wohnzimmer stutzte Werner, als er das Jesuskind in die Krippe legte. Konnte es sein, dass der Schäfer den Kopf gehoben hatte und ihn missbilligend anstarrte? Und auch das Lamm wirkte, als wolle es tadelnd den Kopf schütteln.

Er wich zurück, lachte dann aber über sich selbst. Das war ja unmöglich und sicher nur sein schlechtes Gewissen. Er war eben doch ein guter Christ, der so eine Tat nicht auf die leichte Schulter nahm.

„Ihr feiert den Heiligen Abend ab jetzt immer mit mir", verkündete er Schäfer und Lamm und gönnte sich zur Beruhigung seiner Nerven ein Gläschen Bergisches Obstwasser. Und dann noch eins. Und noch eins …

In der Nacht plagten ihn Albträume. Die Schaefers samt Nachbarschaft drangen in sein Haus und schenkten seinen Krippenfiguren, die allesamt lebendig waren, die Freiheit. In Strömen eilten diese durch die Terrassentür hinaus, begleitet vom kakofonischen Muhen des Rindviehs, dem Iahen der Esel, dem Brüllen der Kamele und dem Blöken der Schafe. „Ich hatte euch doch lieb", rief Werner ihnen unter Tränen hinterher, doch sie zeigten ihm nur die kalte Schulter.

Werner schreckte keuchend und schweißgebadet aus dem Schlaf auf. Ein klagendes Blöken drang aus dem Erdgeschoss zu ihm hinauf. Oh nein, war das gar kein Traum gewesen?! Er sprang aus dem Bett und eilte im Laufschritt in den düsteren Flur. Auf der obersten Treppenstufe trat sein nackter Fuß in etwas Hartes mit Fellüberzug. Zugleich blökte ein Schaf. Werner schrie vor Schreck auf, verlor das Gleichgewicht und stürzte kopfüber die Treppe hinab …

***

„Na ja, Frau Kommissarin, meine Jungs hatten beim Rumtoben seine Krippenfiguren umgekippt …"

„Diese dicken Holzfiguren vor dem Haus?"

„Ja, es ist, äh, nichts kaputtgegangen, die sind ja relativ unempfindlich, also, außer dem Heiligenschein, den kann man sicher kleben, obwohl, spielt jetzt auch keine Rolle mehr, ähm … Natürlich habe ich Torben und Malte gesagt, dass sie sich entschuldigen sollen. Wissen Sie, bei seinen Krippenfiguren kannte er keinen Spaß. Aber zweimal kamen sie zurück und meinten, er sei nicht da …"

„Und da dachten Sie, Sie könnten mal eben selber auf das Grundstück Ihres Nachbarn gehen, Herr Schaefer?"

„Nein, nein, Frau Kommissarin, ich fand es nur sehr seltsam, dass er den Heiligenschein nicht repariert hatte, so penibel wie er war, und weil die Frau Blumberg von gegenüber sich auch wunderte und meinte, sie hätte ihn schon zwei, drei Tage nicht mehr gesehen, da dachte ich, okay Justus, schau du mal bei dem alten Miesepeter nach. Vielleicht ist dem was passiert."

„Also sind Sie um das Haus herumgegangen bis zur Terrassentür?"

„Genau. Ja, und da hab ich ihn da liegen sehen ..."

Kommissarin Wintersberg nickte. „Er muss schon seit Heiligabend dort gelegen haben."

„Tja, trauriges Ende, hat er nicht verdient, auch wenn er ein alter Nörgelsack war. Und wissen Sie was? Ich hatte ihn doch tatsächlich in Verdacht, dass er mir die Krippenfigur gestohlen hat."

„Welche Krippenfigur?"

„Na, die hier." Justus Schaefer hielt der Kommissarin die Holzfigur eines Schäfers mit Lamm hin. „Dachte, das wäre meine. Die stand direkt an der Terrassentür. Aber jetzt, wo ich sie mir genauer angeschaut habe, merke ich, dass das gar nicht meine ist. Die sieht ihr nur unglaublich ähnlich. Meine war ein Erbstück meiner Eltern, die kenne ich in- und auswendig. Bei meiner hat der Schäfer ganz ehrfürchtig geschaut, das weiß ich genau, und nicht so seltsam zufrieden gegrinst."

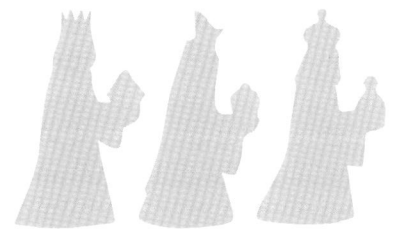

Anne Schmitz

IN LETZTER SEKUNDE

Sein Lächeln, es lässt ihr Herz schneller schlagen. Sie haben sich erst heute Abend kennengelernt, in Wipperfürth beim Musiksommer. Till und sie stehen fast die ganze Nacht an der Bierbude und reden. Als ein Taxi sie anschließend nach Hause bringt, ist sie so verliebt wie schon lange nicht mehr, vielleicht sogar wie noch nie.

Mir ist kalt.

Till und sie gehen Arm in Arm. Sie haben ein Konzert in der Aggertalhöhle besucht. Seit etwa einem Vierteljahr sind sie nun schon zusammen. Till ist witzig und charmant. Er liest ihr jeden Wunsch von den Lippen ab. Sie unternehmen viel und lachen oft. Seine Eigenheiten fallen da kaum ins Gewicht.

Warum ist es so kalt?

Herbst. Auf dem Windecker Burgmarkt lassen sie sich von einem Profifotografen vor der Burgruine fotografieren. Es ist ein wunderschönes Foto geworden. Glücklicherweise ist der Tag recht kühl, sodass sie einen Schal tragen kann.

Schwebe ich?

Melli und sie in Gummersbach. Eines der überaus seltenen Treffen mit ihrer Freundin. Sie hat sich unter einem Vorwand hinausgeschlichen. Till mag es nicht so gerne, wenn sie sich mit anderen trifft. Er will die Zeit lieber mit ihr verbringen. Sie sitzen im Biergarten unter den Heizpilzen und trinken Kaffee. Obwohl der Oktober einen Vorgeschmack auf das Winterwetter liefert, ist es hier recht warm. Unbedacht schiebt sie ihren Ärmel bis in die Ellenbeuge hoch. Melli sieht die Male sofort und ist außer sich. Sie beteuert, dass sie sich beim Arbeiten im Garten gestoßen habe. Melli glaubt ihr nicht.

Ich sollte etwas unternehmen, mich bewegen vielleicht.

Sie hatte einen Fehler gemacht. Das weiß sie. Es konnte nicht anders sein. Denn er ist wütend auf sie, so richtig wütend. Die Weinflasche in seiner Hand wird zur Waffe. Sie muss mit vier Stichen genäht werden. Anschließend entschuldigt er sich unter Tränen und schwört, dass es nie wieder vorkommen wird. Er wird eine Therapie in Anspruch nehmen. Sie versöhnen sich.

Ich spüre meine Arme und Beine nicht.

Es ist Winter. Schnee bedeckt die Hügel, Wiesen und Wälder des Bergischen Landes. Till und sie machen einen Spaziergang. Sie sind warm gekleidet. Er ist gut drauf, macht Scherze und sagt ihr, wie sehr er sie liebt. Sie lacht, ist glücklich. Die Neyetalsperre ist fast vollständig zugefroren. Es sieht wunderschön aus. Sie gehen Hand in Hand. Folgen dem Weg um die Talsperre herum. Nach zwei Dritteln des Weges machen sie Rast. Sie hätte eine Thermoskanne Kaffee mitnehmen sollen und vielleicht ein paar Kekse. Hat sie aber nicht. Till schweigt.

Mein Herz ... etwas stimmt nicht.

Sie gehen weiter. Ängstlich schaut sie ab und an zu Till. Wenn er so drauf ist, weiß sie nie, was sie machen soll. Er ignoriert sie. Die Hände in den Hosentaschen vergraben. Den Blick stur geradeaus gerichtet. Soll sie etwas sagen? Besser nicht. Sie erreichen die Staumauer. Ihr Herz schlägt schneller. Von dieser leicht gekrümmten Mauer geht etwas Furchterregendes aus. Oder liegt das nicht an der Mauer? Es dämmert bereits und niemand ist zu sehen. Nur Till. Sie geht neben ihm her, schweigend.

Ich sollte die Augen öffnen.

Plötzlich explodiert er. Fuchtelt mit den Armen, droht ihr, beleidigt sie, beschuldigt sie abstruser Dinge, packt sie an der Schulter. Sie fleht, er solle sie loslassen, sie habe nichts getan. Das bringt ihn noch mehr auf die Palme. Er brüllt sie an, natürlich habe sie etwas getan, sie würde sich gegen ihn auflehnen, sie würde ihn durch ihre bloße Anwesenheit beleidigen. Sie versteht nicht, weder, warum er auf einmal so wütend ist, noch, was sie getan hatte. Er schubst sie. Sie taumelt zurück, kann sich gerade so an der Absperrung festhalten. Er springt auf sie zu, umfasst mit beiden Händen ihren Hals. Sie windet sich, versucht, mit den Händen seinen Griff zu lockern, doch vergebens. „Du bist ein dreckiges Miststück", schreit er. Ihre Sinne schwinden. Sie braucht Luft. Dann verschwinden plötzlich seine Hände. Gierig zieht sie Sauerstoff in ihre schmerzenden Lungen. Dann wirft er sich mit voller Wucht gegen sie, immer noch schimpfend. Schmerzhaft wird sie gegen die eiserne Absperrung gedrückt. Dann spürt sie, wie er ihre Beine umfasst. Er hebt sie hoch. Sie schwebt.

Es kostet mich Mühe, meine Augen zu öffnen. Ich sehe nach oben. Das Bild vor meinen Augen ist verschwommen. Dann beruhigt es sich ein wenig. Ich sehe Till. Er blickt auf mich hinab. Sein Blick ist leer. Meine Haare wehen vor mein Gesicht. Nein, sie wehen nicht, sie schwimmen. Jetzt verstehe ich. Ich bin im Wasser. Ich sinke. Ich kann mich nicht bewegen. Ich lausche in mich hinein. Mein Herz, ich kann es nicht hören, nicht spüren. Ich schließe die Augen wieder.

Ihre Eltern und sie auf der Hochzeit ihrer Schwester. Alle lachen, gemeinsam. Sie ist glücklich.

Wie wunderschön.

Weitere Bücher über Ihre Region

Bergisches Land entdecken!
1000 Freizeittipps
Natur, Kultur, Sport, Spaß
Rheinland Presse (Hrsg.)
ISBN 978-3-8313-2896-3

Dunkle Geschichten aus dem
Bergischen Land
Schön & schaurig
Olaf Link
ISBN 978-3-8313-3238-0

Bergische Küchenklassiker
Pastinake, Steckrübe und Sternrenette
Ira Schneider
ISBN 978-3-8313-3023-2

Bergische Küchenklassiker
Das Backbuch
Ira Schneider
ISBN 978-3-8313-3018-8

Wartberg-Verlag GmbH
Im Wiesental 1 | 34281 Gudensberg
www.wartberg-verlag.de

Bücher für Deutschlands Städte und Region
Tel. 0 56 03-93 05 0
Fax 0 56 03-93 05 28